"人生最难的不是拥有,而是放下。"
——弘一法师

当你放下舍得时

一切也就释怀了

弘一法师〔李叔同〕受用一生的智慧

木文 编著

民主与建设出版社
·北京·

© 民主与建设出版社，2024

图书在版编目（CIP）数据

当你舍得放下时 / 木文编著. -- 北京：民主与建设出版社，2024.6
ISBN 978-7-5139-4627-8

Ⅰ.①当… Ⅱ.①木… Ⅲ.①散文集 – 中国 – 当代 Ⅳ.①I267

中国国家版本馆 CIP 数据核字（2024）第 105004 号

当你舍得放下时
DANG NI SHEDE FANGXIA SHI

编　　著	木　文
责任编辑	刘树民
封面设计	仙　境
出版发行	民主与建设出版社有限责任公司
电　　话	（010）59417747　59419778
社　　址	北京市海淀区西三环中路 10 号望海楼 E 座 7 层
邮　　编	100142
印　　刷	三河市天润建兴印务有限公司
版　　次	2024 年 6 月第 1 版
印　　次	2024 年 6 月第 1 次印刷
开　　本	710 毫米 ×1000 毫米　1/16
印　　张	13.5
字　　数	136 千字
书　　号	ISBN 978-7-5139-4627-8
定　　价	58.00 元

注：如有印、装质量问题，请与出版社联系。

心若不自由,身在天地间也如同牢笼。

文涛长寿	李庐	名字性空	李息私印	平沙落雁	弘一	李息	
弘一	晚晴老人	辟	静观	弘一年六十以后所作	演音	息翁	
弘一	弘一	弘一	弘一	月	音	佛像	佛像
李	□	吉臣	□老人	叔同		无畏	大明沙门
沙门月臂	佛像	江东少年	辟	大心凡夫	大明草堂	李息息霜	叔桐篆隶

本来无一物　　一息尚存　　息　　李布衣

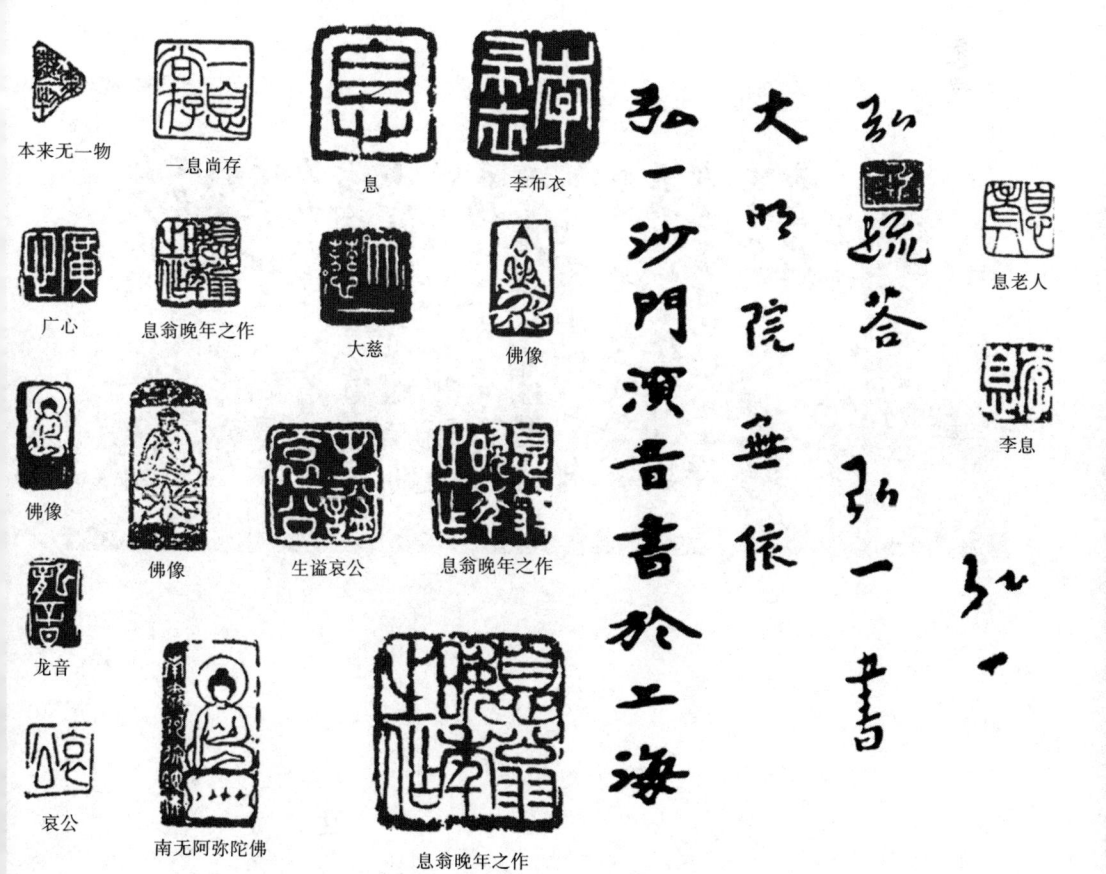

广心　　息翁晚年之作　　大慈　　佛像

佛像　　佛像　　生谥哀公　　息翁晚年之作

龙音

哀公　　南无阿弥陀佛　　息翁晚年之作

弘一沙门演音书于上海

大明院无依

弘疏签　　弘一书

弘一

息老人

李息

自笑将開九秩筵 檢詩翻
名壽诗收到陪後事随三
雖舟車墳填穴罕年漸漸一
廿王家相逢此後省人緣
雜樣陳東休樣少日承化
家南池夫早光東實出見為
出沅醫年入注言實頴答相
老塙冠超元大夫媚三公奎運
蔡室趣為世女婦搖鯉不诗
蔗駐鵁世戴辰歌箝山昆弟
在拜覺洪身掐十老越族光
義去抗度夫台探筍川海國
邯素睢诗殖住八相約好
先士九物不信玄是在男主
邯鄲訂人姓名
岱亥二月望三鼓錄奉于
先七十有一壽诗心遺典
邯鄲訂人學霸氏

目录

第1章 惜物惜人，则是惜福

增一分享用，减一分福泽 / 002

以惜物之心，抵御生活的纷扰 / 007

属于我们的东西，已经是最好的 / 011

真正可以说再见的，是认真相处过的事物 / 015

品得真滋味，才是真享乐 / 018

珍惜时间，就是珍视生命 / 022

第2章 欲念过多如执炬，放下即安然

一朵花开有一朵花开的因缘 / 028

舍弃无用之物，拒绝被欲望裹挟 / 032

心若放宽，世界自然辽阔 / 035

看轻得失，看淡纷扰 / 039

以忙为乐，忙碌也是一种修行 / 042

第3章 柔软平和，修炼强大内核

一念嗔心，能开百万障门 / 048

静下来，力量就与你同在 / 053

内心充盈才能从容 / 056

学会自洽，不要在别人心中修行自己 / 060

第4章 抛开繁缛，大道至简，追寻生命真意

追求素简，修一颗清净心 / 064

计划不要太满，生活不要太挤 / 068

知止常止，岁月无恙 / 073

凡事发生，必有利于我 / 078

第5章 处事留白，与人为善，人生自从容

以"淡"字交友，以"聋"字止谤 / 086

涵容以待人，恬淡以处世 / 092

吃得小亏，则不至于吃大亏 / 096

无须把太多的人请进生命里 / 103

要律己，不要律人 / 108

选择给予，学会分享 / 115

目录

第6章 充实的人生，正在放下浮躁

松弛有度的弦，永远比紧绷的弦更有韧性 / 122
时时反省自己，是一种主动的成长 / 128
看不破先看淡，放不下先放松 / 135
放下名利，富贵终如草上霜 / 139

第7章 真正的放下，是内心的自由

过去事已过去了，未来不必预思量 / 146
放下执念，浅笑安然 / 151
事忌全美，人忌全盛 / 157
不忧不惧，时时自新 / 162

第8章 人生大美：花满春枝，天心月圆

用心去种一棵树，才可望开花结果 / 170
做一样像一样，活出极致之美 / 175
真实地活着，你才能轻松自在 / 183
看淡了，就简单了；放下了，就轻松了 / 187

弘一法师　语录 / 191

帝常所尊受珪上定
大甲

光緒己亥十一月
斷腸詞人李惜霜寫隸

序言

弘一法师在出家前名为李叔同，在中国近百年文化发展史中，是学术界公认的通才和奇才。作为老师，他教学严谨，培养出一代高徒；作为艺术家，他研学精湛，为中国的戏剧、诗曲、美学都做出了巨大的贡献，以擅书法、工诗词、通丹青、达音律、精金石、善演艺而闻名于世。

39岁那年，李叔同放下了在尘世积累的一切，皈依佛门。之后，他笃志苦行，深入研修，著书说法，成为世人景仰的律宗第十一代祖师弘一法师。

弘一法师的人生经历和人生态度，让人们领悟到什么是真正的放下，在浮躁的世俗生活中，很多人都希望追随大师超然通透的人生智慧，获得内心的自由和平静，获取前行的力量。

放下，是弘一法师一生的主题。放下，并不等于失去，也不是放弃和逃避，而是为了找到真正的自己，找到心灵的栖息之地。

人生在世，无非面对两个世界——大千世界和自己的内心世界。看淡大千世界中的沉沉浮浮、纷纷扰扰，方能安住自己的内心。

弘一法师认为，人生短暂，名利如同草上霜，转瞬即逝。他强调珍惜时间，达到自我实现。不贪求名利，以淡然的态度面对生命中的得失。他劝诫世人要惜物惜福，与事物建立深刻的联系，在俭省中活出生命的质感。

做人，他注重个人修养，提倡善待身边的人，慎言和清心修己，即在与人交往中谨慎言行，通过修身养性达到恬淡平和的境界。他认为朋友之间应该保持一种淡如水的关系，对诽谤和侮辱保持沉默，严于律己、宽以待人，通过自我反省达到更好的自我成长。

做事，他追求极致，删繁就简，目标简洁，意念专注，做一样像一样。

这些人生哲学和理念体现了弘一法师对于生命和人性的深刻洞察和理解，以及对于简单纯粹的生活和高尚品德的追求。

太虚大师曾为其赠偈：以教印心，以律严身，内外清净，菩提之因。佛教学者赵朴初先生评价大师的一生为："无尽奇珍供世眼，一轮圆月耀天心。"

弘一法师彻悟的人生真谛，是一笔宝贵的精神财富，能够帮助我们遇见未知的自己，让我们在迷茫、困惑、惶恐、焦虑、纠结的时候，懂得放下，豁达地看待人生，在未来的路上轻装前行。

放下，心灵澄澈。

放下，才能幸福！

第 1 章

惜物惜人，则是惜福

当你舍得放下时

增一分享用，减一分福泽

君子寡欲，则不役于物，可以直道而行

1925年农历五月，已出家七年的弘一法师来到浙江普陀山拜访高僧印光法师。

在与印光法师的朝夕相处中，弘一法师发现他的日常生活极为简约。每天早晨，他只喝一碗白粥，连佐餐的咸菜也没有。

弘一法师问："为何不吃点咸菜？"印光法师回答："我初来普陀的时候，早饭是有咸菜的，但我是北方人，吃不惯，因此改为吃白粥不吃咸菜，已经三十多年了。"

每次吃完饭，印光法师还会将水倒入碗中，以水漱口，然后咽下，唯恐浪费一点点残余的饭粒。弘一法师依法如此，印光法师赞许地看着他，语重心长地说："要惜福啊！"

第1章 惜物惜人，则是惜福

印光法师事必躬亲，扫地、洗衣服、擦拭油灯桌几等，从来都不用别人照顾。所有贪安图逸、有损福泽的事情，印光法师绝不触碰。

在短短的几天之中，弘一法师耳闻目睹一代大德的嘉言懿行，并得到了他的开示。

此后，在一次演讲中，弘一法师意味深长地说：

"我记得从前做小孩子的时候，我父亲请人写了一副对联，是清朝刘文定公的句子，高高地挂在大厅的抱柱上，上联是'惜食惜衣，非为惜财，缘惜福'。我的哥哥时常教我念这句子，我念熟了，以后凡是临到穿衣或是饮食的当儿，我都十分注意，就是一粒米饭，也不敢随意糟蹋。

"而且我母亲也常常教我，身上所穿的衣服，当时时小心，不可损坏或污染。这因为母亲和哥哥怕我不爱惜衣食，损失福报，以至短命而死，所以常常这样叮嘱着。

"诸位可晓得，我五岁的时候，父亲就不在世了！七岁我练习写字，拿整张的纸瞎写，一点不知爱惜。我母亲看到，正颜厉色地说：'孩子！你要知道呀！你父亲在世时，莫说这样大的整张的纸不肯糟蹋，就连寸把长的纸条，也不肯随便丢掉哩！'母亲这话，也是惜福的意思啊！

"我因为有这样的家庭教育，深深地印在脑里，后来年纪大了，也没一时不爱惜衣食。就是出家以后，一直到现在，也还保守着这样的习惯。

"诸位请看我脚上穿的一双黄鞋子,还是1920年在杭州的时候,一位打念佛七的出家人送给我的。又诸位有空,可以到我房间里来看看,我的棉被面子,还是出家以前所用的;又有一把洋伞,也是1911年买的。这些东西,即使有破烂的地方,请人用针线缝缝,仍旧同新的一样了。简直可尽我形寿受用着哩!不过,我所穿的小衫裤和罗汉草鞋一类的东西,却须五六年一换。除此以外,一切衣物,大都是在家时候或是初出家时候制的。

"从前常有人送我好的衣服或别的珍贵之物,但我大半都转送别人。因为我知道我的福薄,好的东西是没有胆量受用的。又如吃东西,只生病时候吃一些好的,除此以外,从不敢随便乱买好的东西吃。

"惜福并不是我一个人的主张,就是净土宗大德印光老法师也是这样,有人送他白木耳等补品,他自己总不愿意吃,转送到观宗寺去供养谛闲法师。别人问他:'法师!你为什么不吃好的补品?'他说:'我福气很薄,不堪消受。'

"他老人家——印光法师,性情刚直,平常对人只问理之当不当,情面是不顾的。前几年有一位皈依弟子,是鼓浪屿有名的居士,去看望他,和他一道吃饭。这位居士先吃好,老法师见他碗里剩落了一两粒米饭,于是就很不客气地大声

第 1 章 惜物惜人，则是惜福

呵斥道：'你有多大福气，可以这样随便糟蹋饭粒！你得把它吃光！'

"诸位！以上所说的话，句句都要牢记。要晓得：我们即使有十分福气，也只好享受三分，所余的可以留到以后去享受。诸位或者能发大心，愿以我的福气布施一切众生，共同享受，那更好了。"

后来，他对自己的好友夏丏尊提及：这趟普陀山之行后，他觉得自己早年的挥霍是一种"罪孽"，自己昔日的行为，损了自己的福德。

人言行的改变，往往都缘于认知的升级。而很多的思想改变一旦发生，就会影响一生。此后，弘一法师一直将"惜福"二字作为修行的一部分。

1941 年冬天，弘一法师居住在泉州开元寺。其间因为战乱，开元寺经济告急。上海有位居士，为了弘一法师能够安心编撰典籍，特地寄来千元奉养。

弘一法师坚决辞谢，但后来因为交通断绝，无法寄回，他决定将这笔钱赠予开元寺作为道粮。同时，弘一法师还有一副好友夏丏尊赠送的美国白金水晶眼镜，价值五百余元，因为"太漂亮了"，一直没戴，将它拍卖一并送给开元寺充为道粮。"舍物"用于福德之事，是大的"惜福"，这点，弘一法师早已参透。

美国作家梭罗说："大多数的奢侈品，大部分的所谓生活的舒适，

当你舍得放下时

非但没有必要，而且对人类进步大有妨碍。"

在现代生活中，为了贪图一些物质的享受，寅吃卯粮，不断地透支，已经成为很多人的生活状态。过度享用带来的开心，并非充实的生命体验，只是一种浮光掠影的快感。沉浸在物质的享用之中，本来是为了追逐快乐，实际却让自己不堪重负，陷入了焦虑和压力的旋涡中。

贪恋享受，其实就是在预支未来的福气。为外物所累，渐渐就会失去生活真正的意趣。管子有言："君子使物，不为物使。"这是一种充满智慧的人生哲学，告诉我们要淡化物欲而不为外物所役，做物的主人而不是奴隶，才能获得心灵的自由。当我们能放下一切不是自己的东西的时候，占有物质的多与寡还有什么区别呢？

迷茫失意的时候，先不要抱怨生活怎样对待我们，而是要看我们怎样对待生活。一个人最大的福气就是懂得节制，囿于欲望，只会过度消耗自己。

尼采有句话说："人最终喜爱的是自己的欲望，而不是自己想要的东西！"人一定要减少那些无妄的追求，把时间和精力投入真正能够让你觉得有意义的事情上，才会得到真正的快乐。

第 1 章　惜物惜人，则是惜福

以惜物之心，抵御生活的纷扰

惜物，亦是修心养德

弘一法师一生都在启发世人，惜物惜福是累积自己的福报。某种程度上，惜福即是"有德"，弘一法师也经由惜福，让世人看到了他的"大德"。

惜物是一种生活态度。万物皆有灵，物品和人之间的关系，就像人与人之间一样，也是讲究缘分的。当我们拥有一个东西时，就应该尽可能地物尽其用，尽力爱惜，在这个过程中，保持一种感恩的心态，珍惜与它的缘分。坏了，或者不喜欢了，就轻易扔掉换新的，固然又轻松又容易，但这不仅造成金钱和资源的双重浪费，更重要的是，在毫无节制的予取予求间，失去了对万事万物的敬畏心，最终也会给自己的福报造成损耗。

弘一法师的挚友夏丏尊在为丰子恺的漫画集所作的序言《子恺漫画序》中这样写道：

"新近因了某种因缘，和方外友弘一和尚聚居了好几日。和尚未出家时，曾是国内艺术界的先辈，披剃以后，专心念佛，见人也但劝念佛，不消说，艺术上的话是不谈起了的。可是我在这几日的观察中，却深深地受到了艺术的刺激。

"他这次从温州来宁波，原预备到了南京再往安徽九华山去的。因为江浙开战，交通有阻，就在宁波暂止，挂褡于七塔寺。我得知就去望他。云水堂中住着四五十个游方僧。铺有两层，是统舱式的。他住在下层，见了我笑容招呼，和我在廊下板凳上坐了说：

"'到宁波三日了，前两日是住在某某旅馆里的。'

"'那家旅馆不十分清爽吧。'我说。

"'很好！臭虫也不多，不过两三只。主人待我非常客气呢！'

"他又和我说了些在轮船统舱中茶房怎样待他和善，在此地挂褡怎样舒服等等的话。

"我悯然了。继而邀他明日同往白马湖去小住几日，他初说再看机会，及我坚请，他也就欣然答应。

"行李很是简单，铺盖竟是用粉破的席子包的。到了白马湖后，在春社里替他打扫了房间，他就自己打开铺盖，把

第 1 章 惜物惜人，则是惜福

那粉破的席子丁宁珍重地铺在床上，摊开了被，再把衣服卷了几件作枕。拿出黑而且破得不堪的毛巾走到湖边洗面去。

"'这手巾太破了，替你换一条好吗？'我忍不住了。

"'那里！还好用的，和新的也差不多。'他把那破手巾珍重地张开来给我看，表示还不十分破旧。"

对于弘一法师来说，物品只要还能用，就还有价值，就值得被珍视，绝对不会轻易换掉。

这种惜物之心，恰恰是在今天的生活中很多人都缺乏的。

在这个一切都在快速迭代的时代，人们的欲望在被无限地放大。弃旧换新、过度消费俨然成了很多人的生活习惯。

促销、漫天种草、各种名目的购物节，将人的物欲一路裹挟着膨胀。与此同时，全球废物的数值，在以几何倍数高涨。据统计，在高达几万吨的被丢弃衣服中，其中 87% 是无损衣物，它们被集中焚烧，还会在百年内持续污染环境。

美好的物品，如果不被爱惜，便会失去价值，若是不被使用，就没有存在的意义。它们的价值只有在真正懂得珍惜的人那里，才能长久绽放。

在这个物质丰裕的时代，给自己的欲望找到自控的方法，只有我们的惜物之心。

奢靡和浪费背后的代价，其实才是最昂贵的，它切断了人与物件之间的情感联系。我们拥有的每件物品，都在一段时间内给过我们陪伴，就如作家张爱玲在小说《十八春》里写的："曼桢有这样的脾气，一件东西一旦属于她了，她总是越看越好，以为它是世界上最好的……"

如果我们能以惜物之心，让拥有的每件物品，都成为自己生活中的一部分，与它们建立起深厚的情感连接，那么不需要堆积盆满钵满的东西，生活也会逐渐变得丰美。

一位著名的企业家说过，生活要"有品质的简朴，有节制的丰盛"。

我们选择的物品，精比多更重要。选择那些让你心动、让你有拥有的冲动的东西，拥有的东西虽变少了，但也变得更加精致和有意义。让我们用心去感受身边的物件，珍惜它们带来的美好和陪伴。让我们在与它们相处的同时，学会珍惜和感恩，感谢它们让我们的生活变得更加美好和有意义。

属于自己的每一件物品，都是生活的馈赠，是经历的见证，是生活的伙伴。我们要学会把握和斟酌，珍惜每一份来之不易的拥有，不挥霍、不浪费，让每一件物品都成为我们生活中的美好回忆和珍贵财富。

惜物之心，不仅仅是对物质的珍惜和尊重，更是对时间和情感的珍视。它提醒我们，在忙碌的生活中不要忽略了身边美好的事物，也不要忘了爱自己，不要忘了对他人的关爱。要记得，你认真对待时间，你善待身边的每个人，你珍重自己的健康，你珍惜所拥有的一切，就是对人生最好的态度。

懂珍惜的人，才配拥有。

以惜物之心，抵御生活的纷扰与浮躁，快乐会变得如此简单。

第 1 章　惜物惜人，则是惜福

属于我们的东西，已经是最好的

人生最可珍贵的不是得不到的和已失去的，而是现在所拥有的。不懂得珍惜眼前所有，才是最可惜的。

珍惜当下就是珍惜生命中的每一个瞬间。无论是欣赏一朵盛开的花朵，感受一缕微风拂过脸庞，还是与亲友共度的欢乐时光，每一个瞬间都是珍贵的礼物。而正是因为珍惜当下，我们才能真正体会到生活的美好和意义。

作为一位深具智慧和慈悲的高僧，弘一法师一直希望人们学会放下过去的执念和未来的焦虑，专注于当下。过去的遗憾和未来的担忧只会让我们错失眼前的幸福。当我们学会珍惜当下，才能真正感受到生活的丰富与美好。

有这样一则故事：

当你舍得放下时

在一个充满欢笑和惊喜的小镇里，住着一位名叫阿福的奇特老爷爷。阿福有个神奇的习惯，那就是每天都会带着他的"珍惜宝典"，在小镇的每个角落寻找值得珍惜的事物。有一天，阿福来到了小镇的公园，看到一群孩子在快乐地玩耍。他们的笑声像阳光一样温暖，让阿福不禁想起了自己的童年时光。于是，他在"珍惜宝典"里写下："孩子们的笑声，是无价之宝，值得我们每个人珍惜。"接着，阿福又来到了小镇的图书馆。他看到一位年轻的女孩正在专心致志地阅读。那专注的神情，仿佛整个世界都静止了。阿福想，这样的时刻是多么宝贵啊！于是，他又在"珍惜宝典"里记录下："专注阅读的时刻，是心灵的洗礼，值得我们每个人珍惜。"阿福的"珍惜宝典"越来越厚，他记录下了小镇的每一个美好瞬间。从清晨的第一缕阳光，到夜晚的漫天星辰；从一朵盛开的花朵，到一只忙碌的小蚂蚁。阿福发现，原来生活中有那么多值得我们去珍惜的事物。

有一天，小镇上发生了一件奇怪的事情。一只神秘的魔法鸟突然出现在了小镇的中心，它嘴里叼着一个闪闪发光的魔法球。魔法鸟说："阿福，你的'珍惜宝典'感动了我。为了奖励你，我要实现你一个愿望。"阿福想了想，说："我的愿望是希望每个人都能学会珍惜。珍惜身边的人，珍惜每一个美好的瞬间，珍惜我们所拥有的一切。"魔法鸟听了，微笑着点了点头。它挥动翅膀，将魔法球抛向了天空。瞬间，魔法球化作了一道绚烂的光束，洒在了小镇的每一个角落。

从此以后，小镇上的人变得特别懂得珍惜。他们开始关注身边的

第1章 惜物惜人，则是惜福

美好事物，感激生活中的每一个瞬间。孩子们的笑声更加灿烂，年轻人更加努力地追求梦想，老人则更加珍惜和家人的时光。阿福看着这一切，满心欢喜。他知道，他的"珍惜宝典"已经发挥了作用。而他自己，也因为珍惜而变得更加幸福和满足。最后，阿福在"珍惜宝典"的最后一页写下了这样一句话："珍惜，让我们的生活变得更加美好。让我们都学会珍惜，珍惜我们所拥有的一切。"

这是一个童话故事，其实揭示了一个至高的人生哲理。

在我们生活的这个世界里，每个人都有一种无形的财富，那就是我们自己的生活、我们的经历、我们的情感、我们的梦想。这些，都是属于我们的东西，它们无比珍贵，无法用金钱来衡量。让我们想想，什么是最好的？最好的往往并不是外在的繁华，而是内心的满足和平静。我们所拥有的，构成了我们独特的人生，塑造了我们的个性，让我们成为独一无二的自己。

我们的家庭，我们的朋友，我们的工作，我们的爱好，我们的梦想，这些都是属于我们的东西。它们或许并不完美，或许并不耀眼，但它们是我们独有的，这就是它们的价值所在。我们无须羡慕他人，只需珍惜我们所拥有的，感恩我们所拥有的，就足够了。这些属于我们的东西，已经是最好的了。它们是我们生活的基石，是我们前行的动力，是我们内心的慰藉。

生活并没有我们所期待的那么好，但也没有想象的那么糟。

《男孩、鼹鼠、狐狸和马》这本书里有这样一段对话：

当你舍得放下时

"当你有半杯水时,你觉得是有一半空着,还是有一半满了呢?"鼹鼠问。

"我会感激我拥有一个杯子。"男孩说。

所以,当你每每感叹自己拥有的不够多、不够好时,不妨停下来,认真审视一下自己现在所拥有的,把握得住,才是福分。

芸芸众生,每个人都一样,都需要经历各自的际遇,也将因此而收获属于各自的感受,人生有得有失,不要等失去后再来后悔,更不要苦苦纠结于得不到的种种。

能够握在自己手心中的,就是最好的。书写一部属于自己的"珍惜宝典"吧,生命将因此而变得丰美与安宁。

第 1 章 惜物惜人，则是惜福

真正可以说再见的，是认真相处过的事物

生活就是和自己喜欢的一切在一起。

弘一法师有一件旧僧衣，上面竟然有 200 多处补丁，密密麻麻，褴褛不堪。他却将这件僧衣穿了洗，洗了穿，缝缝补补，始终不肯丢弃。

他还有一顶旧蚊帐，是他出家时带来的，用了几十年也不曾换过。在他五十岁寿辰时，学生刘质平想要给他换一顶新蚊帐，弘一法师也拒绝了。

在生活中，我们也经常听长辈说起，物质短缺时代对物品的珍惜，一件衬衫，一只水壶，都弥足珍贵，日久天长，人与物品建立了情感联系，它会变得独一无二，因为这份情感联系，你不会轻易地换掉它，不是随便另外一个新品，就可以简单替代它。也许有一天，在说再见的时候，你会感到伤感，但是至少它与我们一起度过了非常多美好的时光。

用心生活的人，都会用心对待自己的用品，不是因为价格昂贵，而是因为发自内心的喜欢，以及对生活的那份认真和热爱。

在我们的日常生活里，无数的物品、人和事在我们身边流转。然而，真正能够让我们好好告别的，都是那些我们认真相处过的事物。这是弘一法师给予我们的深刻启示。

当我们与某个事物真正相处过，投入过真挚的感情和精力，它就会成为我们生命中不可或缺的一部分，与我们共同编织了无数珍贵的回忆。这些事物见证了我们的成长，陪伴我们度过了人生的起起伏伏，成了我们生活中最宝贵的财富。

当与之告别的时候，我们会感到失落，这份情感的纽带，让我们无法轻易地割舍。但正是这种告别，让我们更加感激曾经的陪伴，也让我们更加珍惜现有的事物，让我们更加明白生活的真谛。

真正的告别是对过去的尊重、对未来的期待。我们不能让过去的痛苦和失落阻碍我们前进的步伐。我们需要勇敢地面对失去，接受现实，然后继续前进。只有这样，我们才能真正地释放自己，让自己重新开始。当我们说再见时，需要把过去的经历、情感和记忆珍藏在心底。这些宝贵的财富，会让我们更加成熟、更加坚强。我们需要感谢那些认真相处过的事物，它们让我们更加明白生活的意义，让我们更加珍惜现有的时光。最后，让我们珍惜每一个现在，认真对待每一个事物，我们的生命因为这些认真相处过的事物而变得更加丰富、更加有意义。当我们不得不告别时，让我们用一颗感恩的心，说一声再见。

第 1 章 惜物惜人，则是惜福

珍惜身边拥有的大大小小的每一件事物，与它们一起经历更多的日子，投入感情，珍惜爱惜，会带来更多的充盈与安定。

与生活元素建立深度的关系，求精不求多。避免在生活中堆积过多的事物，而是专注于深度互动。避免囤积物品、计划，减少浪费，使生活更加精良。

心中有珍视喜爱的人、事、物，这种感觉真的很好，因为它们的存在，我们发现了内心的爱与事物的美。

一切更好，都是为了更好。

把目光看向自己，发现自己内心真正的需求，和自己喜欢的一切在一起，才能获得身心的真正满足。

我们并非需要无限量的人与物，我们需要的是深刻的爱与陪伴。

当你舍得放下时

品得真滋味，才是真享乐

静心，方能品得人间真滋味。

弘一法师出家之后，有一个机会，与好友夏丏尊相处了几日。日常相处中的一些细节，令夏丏尊感慨万千，他在文章中写道：

"他是过午不食了的。第二日未到午，我送饭和两碗素菜去（他坚说只要一碗的，我勉强再加了一碗），在旁坐了陪他。碗里所有的原只是些菜菔、白菜之类，可是在他却几乎是为他慎重而作的盛馔，丁宁喜悦地把饭划入口里，郑重地用箸夹起一块菜菔来的那种了不得的神情，我见了几乎要掉下欢喜惭愧之泪了！

"第二日，有另一位朋友制了四样菜来斋他，我也同席。

其中有一碗咸得非常的，我说：

"'这太咸了！'

"'好的！咸的也有咸的滋味，也好的！'

"在他，世间竟没有不好的东西，一切都好，小旅馆好，统舱好，挂褡好，粉破的席子好，破旧的手巾好，白菜好，莱菔好，咸苦的蔬菜好，跑路好，什么都有味，什么都了不得。

"这是何等的风光啊！宗教上的话且不说，琐屑的日常生活到此境界，不是所谓生活的艺术化了吗？人家说他在受苦，我却要说他是享乐。当我见他吃莱菔白菜时那种愉悦丁宁的光景，我想：莱菔白菜的全滋味、真滋味，怕要算他才能如实尝得的了。对于一切事物，不为因袭的成见所缚，都还他一个本来面目，如实观照领略，这才是真解脱、真享乐。"

夏丏尊认为，觉得世间没有不好东西的弘一法师，已经达到了超凡脱俗的境界，这种境界，已经可以称作"将生活艺术化"了。

夏丏尊感叹："与和尚数日相聚，深深地感到这点。自怜囫囵吞枣地过了大半生，平日吃饭着衣，何曾尝到过真的滋味！乘船坐车，看山行路，何曾领略到真的情景！"

确实，无论是品味美食还是体验人生，咸有咸的滋味，淡有淡的

滋味。无论是咸是淡，都要用心去感受和体验，才能品味出生活的真谛。

当年，苏东坡谪居黄州。有一天，他和朋友们一起出门游玩，走在黄冈东面三十里处的沙湖道中。突然，天上下起雨来，朋友们一时都躲的躲，避的避，慌慌张张，苏东坡却依然如常，似乎对下雨全然不觉。不久，雨过天晴，苏东坡随即吟成《定风波》词一首：

"莫听穿林打叶声，何妨吟啸且徐行。竹杖芒鞋轻胜马，谁怕？一蓑烟雨任平生。料峭春风吹酒醒，微冷，山头斜照却相迎。回首向来萧瑟处，归去，也无风雨也无晴。"

这首词表面是在写出游途中遇雨，却表现出苏东坡一种不避风雨，听任自然的生活态度。

无疑，苏东坡这种安之若素的乐观生活态度，就是禅的智慧，禅的艺术的体现。

如同教育家陶行知先生说："大雨过后，有两种人。一种人抬头看天，看到的是蔚蓝与美丽；一种人低头看地，看到的是淤泥与绝望。"

苏东坡一生命运多舛，仕途坎坷，曾被贬三次，一次比一次偏远。

一贬黄州，环境艰苦，他也要大饱口福："长江绕郭知鱼美，好竹连山觉笋香。"二贬惠州，他依然随遇而安："日啖荔枝三百颗，不辞长作岭南人。"三贬儋州，他与百姓相处甚欢："明日东家知祀灶，只鸡斗酒定膰吾。"

纵然磨难重重，苏东坡却能笑对不公，在失意中找到诗意，在心中种下一片属于自己的桃源。

第 1 章 惜物惜人，则是惜福

晴天有晴天的好，雨天有雨天的好；白天有白天的好，夜晚有夜晚的好；花开有花开的好，花落有花落的好。如果能用心体味到周围各种事物无一不美，去感受那些看似平凡却充满深意的细节，必然能够随缘而安，随遇而安，无论身处何种环境，都能找到内心的宁静与满足。

生活往往是美好与痛苦并存，只有心存热爱的人，才能跨越逆境，享受生活，体会到处处是乐境的无穷意趣，懂得在岁月的泥沼中，从容地安放自己，在平淡和疲惫之余，去感受生活的盎然趣味、内心的自在欢愉。

当你舍得放下时

珍惜时间，就是珍视生命

是日已过，命亦随减，一寸时光即一寸命光，可不爱惜乎？

弘一法师平生惜时如金，不但自己做事从不浪费时间，而且严格守时。关于这一点，他的朋友欧阳予倩深有体会。两人留学日本时，有一次，弘一法师和他相约八点钟会面。可是，两个人的住处距离比较远，恰逢那天还是假日，赶电车比较困难，路上耽误了一些时间。欧阳予倩迟到了几分钟，弘一法师就拒之不见，紧闭大门，跑到二楼打开窗户喊道："你我约的是八点，但是你迟到五分钟，我现在很忙，没时间了，改天再约吧。"说完就关上窗户。欧阳予倩愣住了，感觉又生气，又莫名其妙，但没有办法，他知道弘一法师时间观念很强，只好扫兴而归。

可能有人认为这有点小题大做，何必如此较真呢？其实，弘一法

第1章 惜物惜人，则是惜福

师一生严谨，做事有法有度，正是因为对时间如此珍惜，才会取得卓越的成就。

一个大雪纷飞的冬日，当时还是李叔同的弘一法师上完音乐课正准备离开教室，一个叫刘质平的学生怯生生地走到他面前，腼腆地向他问好，手里拿着一张纸。李叔同接过学生递过来的那张纸，看了一会儿，又抬头看看眼前的学生，看得他好不自在。然后，李叔同对他说："今天晚上八点三十五分，你还是在这个音乐教室等我。"说完转身就走了。

大雪纷飞，到了晚上依然下个不停，刘质平按照约定时间提前来到音乐教室门外。他看到教室门前的走廊，有两行脚印，似乎已经有人先到教室了。但是教室里还是一片漆黑，不像有人的样子，周围也一片静谧，鸦雀无声。刘质平站在教室门口等待，脑子里一片空白。时间静静过去，十几分钟后，教室里的灯一下亮了，教室门打开了。李叔同走出门来，手里还拿着一只表说："正好八点三十五分！很好，你来得很准时！"同时上下打量了一下身上已经湿漉漉的刘质平，拍了下他的臂膀说了句："今天就这样吧，有话明天再说。"

弘一法师说：世之最可珍重者，莫过精神；世之最可爱惜者，莫过光阴；一念净即佛界缘起，一念染即九界生因，凡动一念即十界种子，可不珍重乎？是日已过，命亦随减，一寸时光即一寸命光，可不爱惜乎？苟知精神之可珍重，则不浪用，则念念执持佛名。光阴不虚度，则刻刻熏修净业。

023

弘一法师认为，虚度光阴就是荒废生命，唯有惜时如金，一个人才能有所成就，才能守住福气。

弘一法师也曾写过这样一首词——《悲秋》，用来劝诫人们要珍惜时间：西风乍起黄叶飘，日夕疏林杪。花事匆匆，梦影迢迢，零落凭谁吊。镜里朱颜，愁边白发，光阴催人老，纵有千金，纵有千金，千金难买年少。

确实，人生很贵，与金钱不能相提并论。圣人不贵尺之璧，而重寸之阴。人与人之间的差距就在利用时间上，抓住了时间，就抓住了人生的实质，更抓住了生命的质感。

一个人对时间的态度，就是对生命的态度。

但是，人生如白驹过隙，怎样才能在有限的时间里获得最大的幸福呢？

佛光法师是中国历史上有名的禅宗大师，他有一位弟子叫大智。二十年前，大智出去参学，回来以后，把在外参学的种种见闻说给佛光法师听。

最后大智问："这二十年，您过得好吗？"

佛光法师回答："很好！讲学、说法、著作、写经，我每天忙得很快乐，世上没有比在佛海里遨游更喜悦的生活了。"

清晨，大智在睡梦中隐隐约约听到阵阵诵经的木鱼声从佛光法师的禅房中传出。

佛光法师白天耐心地对那些前来礼佛的信众开示讲说佛法，夜晚读书写书，一直很忙碌。

第1章 惜物惜人，则是惜福

大智问佛光法师："老师，分别了二十年，您每天这么忙碌，怎么感觉不见老呢？"

佛光法师说："我没有时间去发觉自己老！"

越忙的人时间越多。"没有时间老"，就像先圣说的，"其为人也，发愤忘食，乐以忘忧，不知老之将至"。如果我们全身心地投入有意义的生活中去，怎么会有时间为年龄焦虑呢？

时光的飞逝就是佛学中经常说的"一念万年，万年一念"，因此我们要将每分每秒都投入有意义的事情中，把时间变成充实的生活。

一切未来，都是当下的集合。

孟子曾经讲过，集义而生。集义而生，是你做的每件事都是好事，通过持续不断的努力，实现长期价值。

真正的本事都是用时间认真打磨出来的，要下的功夫是少不了的。不要急于求成，认真做好一件事，功到自然成。

无谓的嗟叹只会蹉跎我们的时间，如果能够珍惜时间并有效运用每一秒，我们一定能拥有激情和活力，而与年轻年老无关。

燈街試走鬧紅聲斷
嫁作南朝第一娉婷
扶伴不妥，西陵娟一面填
香油車子遠斜陽盡處
湘簾出畫堂曾在誰家巷
真是誰家試猜詳
為把傾城再覓一生拚
畫作今宵自後相見春朝
後兩省還知剩朝
畫工欲和孝儀看燈詞
　　鵁鶄詞人玉年

第 2 章

欲念过多如执炬，放下即安然

当你舍得放下时

一朵花开有一朵花开的因缘

　　一切因缘生，万法皆有缘。

　　有一位著名的作家说过，一朵花开有一朵花开的因缘。

　　一朵花虽然平凡，却蕴含着深刻的因缘。想象一下，一颗种子在土壤中沉睡，经过无数个日夜，它终于感受到了春天的呼唤，开始萌发新的生命。这是生命的开始，也是因缘的起点。种子在土壤中找到了养分和水分，这是它成长的必要条件。同时，阳光和雨露的滋润也是必不可少的。这些看似微不足道的元素，却构成了花朵绽放的因缘。

　　随着时光的流逝，种子逐渐破土而出，长成了一株嫩绿的小苗。在这个过程中，它经历了风吹雨打，也经历了阳光雨露的洗礼。每一次挫折，都让它更加坚韧；每一次成长，都让它更加美丽。这些经历，也是构成花朵绽放的因缘。终于，在某个清晨，这株小苗绽放出了第

第2章 欲念过多如执炬，放下即安然

一朵花。这一刻，所有的付出和等待都化为了值得。而这朵花的绽放，也是因缘的结晶，这不仅是一朵花的成长史，也是生命的奥秘和价值。

人生也是这样，一切因缘生，万法皆有缘。

世界上的一切事物都是因为各种原因和条件而产生的，任何结果都不是随意产生的，都与我们面对世界、面对自己的态度有关，这就是我们自己不断种的因。

弘一法师曾经在文章中写过自己的童年经历为日后出家种下的因缘：

"在清朝光绪年间，天津河东有一个地藏庵，庵前有一户人家。这是一座四进四出的进士宅邸，它的主人是一位官商，名字叫李世珍，曾是同治年间的进士，官任吏部主事，也因乎此使李家在当地的声名更加显赫了。但是，他为官不久，便辞官返乡了，开始经商。他在晚年的时候，虔诚拜佛，为人宽厚，乐善好施，被人称为'李善人'。而这就是我的父亲。

"我是光绪六年（1880年），在这个平和良善的家庭中出生的。生我时，我的母亲只有20岁，而我父亲已近68岁了。这是因为我是父亲的小妾生的，也正是如此，虽然父亲很疼爱我，但是在那时的官宦人家，妾的地位很卑微，我作为庶子，身份也就无法与我的同父异母的哥哥相比。从小就感受到这

种不公平待遇给我带来的压抑感，然而只能是忍受着，也许这就为我今后出家埋下了伏笔。

"在我5岁那年，父亲因病去世了。没有了父亲的庇护和依靠，我与母亲的处境很是困难。看着母亲一天到晚低眉顺眼、谨小慎微地度日，我的内心感到很难受，也使我产生了自卑的倾向。我养成了沉默寡言的内向性格，终日里与书做伴，与画为伍。只有在书画的世界里，我才能找到快乐和自由！

"听我母亲后来跟我讲：在我降生的时候，有一只喜鹊叼着一根橄榄枝放在了产房的窗上，所有人都认为这是佛赐祥瑞。而我后来也一直将这根橄榄枝带在身边，并时常对着它祈祷。由于我的父亲对佛教的诚信，使我在很小的时候，就有机会接触到佛教经典，受到佛法的熏陶。我小时候刚开始识字，就是跟着我的大娘，也就是我父亲的妻子，学习念诵《大悲咒》和《往生咒》。而我的嫂子也经常教我背诵《心经》和《金刚经》等。虽然那时我根本就不明白这些佛经的含义，也无从知晓它们的教理，但是我很喜欢念经时那种空灵的感受。也只有在这时我能感受到平等和安详！而我想这也许成为我今后出家的引路标。"

弘一法师认为，自己从童年开始，就因为各种原因和条件，结下了佛缘，他后来的选择，只是因缘随法，顺势而为。

第 2 章　欲念过多如执炬，放下即安然

天下万事万物皆有缘法，一切自有安排，我们应做的就是随缘自适，而不是攀缘、强求。既不用焦虑，因为不是所有的东西都属于你；也不用害怕，在命运齿轮的转动中，你也不可能一无所有。

别人怎么样，那是别人的事，不要拿自己的人生和别人相提并论。努力去沉淀，把自己变优秀，想要的东西，积极努力去争取，但是不要过于执着结果。如果只执着于得到一个好的结果而惧怕失败，那会活得很内耗、很痛苦。人生不是努力了就一定会成功，但不努力、坐享其成一定是痴心妄想。未来我们无法掌控，我们能做好的就是活好当下。所谓"因果"，好因有好果，结果不会辜负苦心人。

人生没有圆满，与人、与事的相遇都是缘分，能遇到已经实属不易，缘来要惜、缘去要放，该过去的要过去，才对得起现在，迎接得了未来。不论你当下过着怎样的生活，是幸福还是痛苦，都要明白这是你自己的选择。

路是自己选择的，人生是自己的，没有任何人能代替得了你。如果不满意就努力做出改变，生机就在改变中，不要无谓地怨天尤人。天空黑暗到一定程度，星辰便会熠熠生辉。惜缘随缘，生命有足够的韧性可以摧毁一切磨难。

当你舍得放下时

舍弃无用之物，拒绝被欲望裹挟

行少欲者，心则坦然，无所忧畏，触事有余，常无不足。

1942 年，被战乱中的时局所迫，弘一法师的学生丰子恺，带着全家迁居到重庆，后来又搬到郊区居住。

彼时他已经辞去了教职工作，没有了收入，一家人只能住在简陋的房子里，穿着素衣布衫，每天耕地种菜，维持生活。

但是丰子恺却感到十分满足，他多年来受老师弘一法师的教诲，被老师淡泊平和的生活智慧深深影响，不但没有觉得生活清苦，反而怡然自得，创作了不少打动人心的画作。

弘一法师曾说："行少欲者，心则坦然，无所忧畏，触事有余，常无不足。"

不受物欲的羁绊，一个人的内心才能安稳，达到身心轻盈的境界。

第2章 欲念过多如执炬，放下即安然

想一想，你家里有没有很多这样的东西：一些挂在衣柜里，几年都没穿过的衣服，一些心血来潮买下的用都没用过的小工具，还有一些早就过时了的电子产品？这些东西占据着房间的空间，却从未给生活带来过任何实际的用处，你可能还需要花费时间和精力去整理它们，维护它们，这让你感到压力和疲惫，无法专注于真正重要的事情。它们就像那些只会夸夸其谈的朋友，总是占据着你的时间和精力，却从未给过你真正的支持。

在快节奏的现代生活中，每个人都被各种物质层层包裹。人们总是觉得自己需要更多的东西来满足需求，但实际上，我们真正的需要并没有那么复杂和浮夸，而是那些更实用、更有意义的东西。

你可能会说："哎呀，这些东西虽然没用，但是扔掉它们总觉得有点可惜。"这就是典型的"舍不得"心理在作祟了。舍弃其实是一种智慧，是一种对自己生活负责的态度。你舍弃了这些无用之物，不仅能让自己的生活空间变得更宽敞，还能让自己的心灵不受拖累，变得更轻松。

对物质的不断追逐来源于欲望，花花世界中诱惑无处不在，欲望就像是一个深不可测的无底洞，是永远都填不满的。其实，欲望本身并不是坏事，它能推动我们去追求更好的生活。但是，当欲望变得过于强烈和芜杂、变得无节制时，它可能会使我们陷入焦虑、压力和疲惫之中。因此，我们需要学会区分合理的欲望和过度的欲望，学会在满足合理欲望的同时保持内心的平衡和满足。

舍弃无用之物是一种智慧，拒绝被欲望裹挟是一种勇气，是一种内心的平静和清醒。舍弃无用之物、拒绝被欲望裹挟也是一种自我提升的过程。通过这个改变，可以更好地认识自己，了解自己的真正需求和价值观。

一个人要想获得高层次的生活，就得学会不断地做减法，删繁就简。除了那些有形的"无用之物"，生活中还有很多可能带来短暂快乐但长远来看并无实际价值的事物。比如无意义的无效社交、消极的思维方式等，都会把人拽入内耗的泥潭。减少生活中的这些负累，把时间和精力用于真正重要的事情，同样也是一种智慧。

为自己创造一个更加简单、充实和有意义的生活环境，得到更高级的快乐，才能更专注于生活本身，经营好余生。

第 2 章　欲念过多如执炬，放下即安然

心若放宽，世界自然辽阔

心宽则不计较，能忍则不躁动。

弘一法师晚年的时候，已经是一位德高望重的高僧，深受信众的爱戴。有一天，一位年轻人来到寺庙，向弘一法师请教一个问题："法师，我觉得生活很迷茫，不知道该如何去面对未来的挑战。"弘一法师微笑着看着这位年轻人，没有立即回答他的问题，而是从抽屉里拿出一支笔和一张纸，画了一只小鸟。然后，他问年轻人："你知道这只小鸟为什么能在广阔的天空中自由翱翔吗？"年轻人摇了摇头，表示不知道。弘一法师微笑着解释道："其实，小鸟之所以能在天空中自由飞翔，是因为它有一颗辽阔的心。同样地，我们人生中的挑战和困难，就像是天空中的风雨和雷电，只有我们不断地磨炼自己的能力，有一颗敢于拥抱天空的心，才能像小鸟一样勇敢地面对这些挑战，飞得更高更远。"年轻人听了弘一法师的话，顿时豁然开朗，明白了人生的真谛。他感激地向弘一法师鞠躬致谢，并决定从此努力提升自己，迎接未来的挑战。

心宽辽阔，心怀高远，正是弘一法师一生的写照。他不仅在各个领域取得了卓越的成就，更是中年投身于佛教事业，用自己的智慧和力量去帮助更多的人。

在生活的纷繁复杂中，我们常常被琐事、忧虑和困扰所牵绊，仿佛被困在一个狭小的世界里，无法摆脱束缚。然而，如果我们能够放宽心态，用一颗宽广的心去面对生活的挑战，那么我们会发现，整个世界也会因此变得宽广起来。

弘一法师的一生，可以说是一部充满智慧与启迪的传奇。心若放宽，则能容纳天地。弘一法师从不为小事斤斤计较，而是以开阔的胸怀去拥抱生活。正因为如此，他才能在艺术道路上不断创新，成就斐然。他的画作、书法、音乐都充满了大气磅礴的气韵，这正是他心宽如海、胸怀天下的真实写照。心若放宽，则能化解烦恼。人生不如意事十之八九，关键在于我们如何看待这些不如意。弘一法师总能以平和的心态去面对生活中的种种挫折，化烦恼为菩提。这种境界，让我们明白：不是生活给予我们多少，而是我们如何去珍惜和拥有。

心若放宽，则能成就人生。弘一法师的一生，可以说是不断追求、不断超越的过程。他不仅在艺术上取得了卓越成就，更在人生道路上留下了宝贵的精神财富。这些财富，正是源于他那颗宽广、豁达的心。

第 2 章　欲念过多如执炬，放下即安然

在今天这个快节奏的社会里，我们更需要学会放宽心态。只有这样，我们才能在繁忙的工作和生活中保持一颗平静的心，去品味人生的美好与真谛。**当我们谈论心宽如海时，我们实际上是在谈论一种人生态度，一种超脱世俗纷扰、追求内心宁静的境界。如果我们能够以宽广的心态去接纳生活中的经历和感受，那么我们的心灵就会变得更加丰富和深邃。**

在浩渺的人生长河中，每个人都是航行者，而心态则如同指南针，指引我们前行的方向。弘一法师以其一生的实践告诉我们，心若放宽，世界自然辽阔。这不仅是一种人生态度，更是一种生活艺术。**心宽，意味着不局限于眼前的一隅，而是以开阔的视野去洞察世间万象。心宽，也意味着不计较得失，以平和的心态去面对生活中的风风雨雨。** 在弘一法师看来，人生就像一幅画卷，有山有水、有起有落，正是这些不同的元素构成了丰富多彩的人生。正是这种平和的心态，使他在逆境中不失信念，在困境中不放弃追求。心宽，更是一种智慧的选择。在纷繁复杂的社会中，我们往往会被各种诱惑所困扰，而心宽则能帮助我们保持清醒的头脑，做出正确的抉择。

弘一法师曾说过："心宽则不计较，能忍则不躁动。"这句话道出了心宽的重要性，也揭示了心宽的力量。**在纷繁复杂的世界中，心宽，就是那把打开解脱之门的钥匙。** 心宽的人，能够容纳世间的万千变化，不被外界的纷扰所动摇。他们懂得放下，懂得释怀，懂得用平和的心态去面对生活中的一切。心宽的人，更容易感受到生活的美好。他们不会因为一点小事就斤斤计较,也不会因为一点挫折就怨天尤人。相反,他们能够以宽容的心态去接纳世界的不完美,欣赏生活中的每一处风景。他们的心灵如同一片广阔的海洋,能够容纳各种风浪,也能够映照出最美的天空。

心宽的人,更容易成就一番事业。因为他们懂得包容,懂得合作,懂得用宽广的胸怀去吸引和凝聚人心。不会因为一点小矛盾就与人结怨,能够以宽广的胸怀去包容他人的不足。

心中有高远,就不会为眼前的沟壑太过困扰。这是一种积极向上的生活态度,也是一种追求幸福的人生哲学。只有当我们真正把这份高远深藏在心底时,才能感受到人生的美好和温暖。让我们一起努力,用心去感受生活中的美好和温暖,用心去感恩身边的人和事,用心去保持平和的心态。只有这样,才能在人生的道路上走得更加稳健和从容,心宽天地广,人生处处皆和煦。

第 2 章　欲念过多如执炬，放下即安然

看轻得失，看淡纷扰

得失从缘，心无增减。

有一次，弘一法师的寺庙遭遇了一场火灾，许多珍贵的经书和法器付之一炬。面对这样的损失，法师却表现得异常平静。他对弟子们说："物质的损失只是暂时的，而内心的平和却是永恒的。只要我们心中有佛，何处不是净土？"这番话深深地震撼了在场的每一个人。

在这个喧嚣的世界里，得失心似乎成了我们每个人的心头之患。我们为了得到而欣喜，为了失去而沮丧，似乎总是难以摆脱这对矛盾的束缚。然而，弘一法师超然的得失观，让我们看到了得失心背后的真相。

弘一法师常说："得失从缘，心无增减。"他告诉我们，得失本是生命中的常态，不必过分挂怀。当我们把得失看得太重时，心灵就会被束缚，无法自在。反之，如果我们能够看轻得失，那么无论面对什么样的境遇，都能保持内心的平静与从容。在弘一法师的眼里，得失并不是衡量人生价值的唯一标准。他倡导我们要以一颗平常心去面对生活中的得失，不要过分在意物质上的得失，而是要关注内心的成长与变化。只有这样，我们才能真正地感受到生命的价值和意义。对于弘一法师而言，得失不过是过眼云烟，内心的平和与自在才是永恒的追求。**生活中的得失并不是最重要的，关键在于我们如何看待和处理这些得失。只有当我们学会放下执念，才能真正体验到内心的平静与自由。**

正是因为弘一法师始终保持着一颗平常心，才能够在纷繁复杂的世界中保持清醒和坚定，成为一位真正的修行者和智者。对于我们普通人来说，学习弘一法师的平常心不仅是一种修行，更是一种生活态度。当我们真正学会放下执念，保持正念，将平常心融入日常生活之中，我们的生活就会变得更加美好和充实。

得到未必是福，失去未必是祸，别人的东西不一定适合你，有福之人不入无福之家，有阻碍未必是坏事，也许是上天在助你。人生"祸兮福之所倚，福兮祸之所伏"，所有的得到与失去都有原因，不执着便是最好的活法。

其实，人终其一生，外在的东西再好也都会失去，无论你是多么厉害的人物，百年之后也带不走世间一草一物，活着的时候好好走过，珍惜所有遇见，不辜负每场相遇相识，错过了就放手，人生百年，不

第 2 章　欲念过多如执炬，放下即安然

过是教人如何取舍。

看轻得失，并不意味着我们要放弃追求和努力。相反，它要求我们以一种更加从容的态度面对生活中的一切。我们在追求中不失自我，在失去中保持坚韧。我们懂得珍惜拥有的一切，也懂得放手那些无法挽留的。我们明白，得失只是生活的一部分，而不是生活的全部。我们懂得如何屏蔽外界的纷扰，保持内心的宁静。我们也懂得如何调节自己的情绪，让内心恢复平静。当我们看淡纷扰时，我们便能够更加专注于自己的内心世界，感受生命的真谛和意义。

在这个过程中，我们会发现自己变得更加从容、更加自信。我们会更加珍惜当下的每一刻，更加珍视身边的每一个人。我们会以一种更加积极、更加乐观的态度面对生活中的一切挑战和困难。

当你舍得放下时

以忙为乐，忙碌也是一种修行

以忙为乐，则不苦；以勤为富，则不贫；以忍为力，则不惧。

弘一法师的生活极为忙碌，他每天早早地起床，开始一天的修行和法事。无论是诵经念佛，还是为信徒解答疑惑，他都全身心地投入其中。他的忙碌并非无目的的奔波，而是对佛法的虔诚追求和对众生的深切关怀。

他在一次演讲中，为大家讲了佛的故事：

"诸位请看看自己的身体，上有两手，下有两脚，这原为劳动而生的。若不将他运用习劳，不但有负两手两脚，就是对于身体也一定有害无益的。换句话说，若常常劳动，身体必定康健。而且我们要晓得：劳动原是人类本分上的事，

第 2 章 欲念过多如执炬，放下即安然

不惟我们寻常出家人要练习劳动，即使到了佛的地位，也要常常劳动才行，现在我且讲讲佛的劳动的故事：

"所谓佛，就是释迦牟尼佛。在平常人想起来，佛在世时，总以为同现在的方丈和尚一样，有衣钵师、侍者师常常侍候着，佛自己不必做什么；但是不然，有一天，佛看地上不很清洁，自己就拿起扫帚来扫地，许多大弟子见了，也过来帮扫，不一时，把地扫得十分清洁。佛看了欢喜，随即到讲堂里去说法，说道：'若人扫地，能得五种功德……'

"又有一个时候，佛和阿难出外游行，在路上碰到一个喝醉了酒的弟子，已醉得不省人事了；佛就命阿难抬脚，自己抬头，一直抬到井边，用桶汲水，叫阿难把他洗濯干净。

"有一天，佛看到门前木头做的横楣坏了，自己动手去修补。

"有一次，一个弟子生了病，没有人照应，佛就问他说：'你生了病，为什么没人照应你？'那弟子说：'从前人家有病，我不曾发心去照应他；现在我有病，所以人家也不来照应我了。'佛听了这话，就说：'人家不来照应你，就由我来照应你吧！'就将那病弟子大小便种种污秽，洗濯得干干净净；并且还将他的床铺，理得清清楚楚，然后扶他上床。由此可见，佛是怎样的习劳了。佛决不像现在的人，凡事都要人家服劳，自己坐着享福。这些事实，出于经律，并不是凭空说说的。

当你舍得放下时

"现在我再说两桩事情，给大家听听：《弥陀经》中载着的一位大弟子——阿泥楼陀，他双目失明，不能料理自己，佛就替他裁衣服，还叫别的弟子一道帮着做。

"有一次，佛看到一位老年比丘眼睛花了，要穿针缝衣，无奈眼睛看不清楚，嘴里叫着：'谁能替我穿针呀！'佛听了立刻答应说：'我来替你穿。'

"以上所举的例，都足以证明佛是常常劳动的。我盼望诸位，也当以佛为模范，凡事自己动手去做，不可依赖别人。"

弘一法师说过："以忙为乐，则不苦；以勤为富，则不贫；以忍为力，则不惧。"

忙碌，是生活的常态，也是时代的特征。在这个竞争激烈的社会里，我们不得不面对各种各样的挑战和压力。然而，正是这些忙碌和压力，让我们学会了坚持和奋斗，让我们在挫折面前不屈不挠。忙碌，让我们更加珍惜每一分每一秒，让我们学会了如何高效地安排时间，如何在有限的时间里做出更多的成就。忙碌，也是一种修行。在忙碌中，我们不断地挑战自己，不断地超越自己。我们在忙碌中学会了承受，学会了担当，学会了坚韧不拔。这种修行，让我们变得更加成熟、更加稳重、更加有担当。忙碌，更是一种积累。在忙碌中，我们不断地积累经验，不断地丰富自己。我们在忙碌中不断地学习新知识，掌握新技能，为自己的未来打下坚实的基础。这种积累，让我们在人生的道路上更加从容、更加自信。当然，忙碌并不是无休止地奔波和劳累。在忙碌中，我们也要学会适当地放松自己，调整自己的心态，要在忙碌中找到平衡，找到属于自己的节奏。只有这样，我们才能在忙碌中保持清醒的头脑，保持充沛的精力。总之，忙碌也是一种修行。

在忙碌中保持笃定从容，跟时间管理的方式也有关系。因为忙而心烦意乱往往缘于我们没有合理安排时间，导致任务堆积如山，压力倍增。因此，我们要学会制订切实可行的计划，将工作和生活分配得恰到好处。这样，就能在忙碌中找到平衡，既能完成工作任务，又能享受生活的美好。

唐朝百丈怀海禅师，倡导一日不作，一日不食的农禅生活，他每日除了领众修行外，还带着众人辛勤劳作，极其认真，提倡生活要自食其力。对于日常的琐碎生活事务，尤其不肯假手于他人。

后来，百丈禅师年纪大了，但他仍然每天跟大家一起上山担柴、下田种地。弟子们看到年迈的师父做这种粗重的活计，心中十分不忍。因此，大家恳求他不要再下地干活了，但是百丈禅师却坚决地说：

"我无德劳人，人生在世，若不亲自劳动，岂不成废人？"

弟子们阻止不了百丈禅师劳动的决心，只好将平时用的扁担、锄头等工具藏起来，阻止他干活。

百丈禅师很生气，不吃不喝，用绝食来表示抗议，弟子们焦急地问为何要如此。

百丈禅师道："既然没有劳作，哪能吃饭？"

弟子们无奈，只好将工具又还给他，让他继续干活。百丈禅师的这种"一日不作，一日不食"的精神，成为千古楷模！

我们还要学会在忙中求乐。生活中的点滴美好，往往就在我们不经意间悄然溜走。**要学会在忙碌中停下来，感受生活的美好，发现身边的小确幸。这样，即使在忙碌中也能找到心灵的慰藉，让生活变得更加丰富多彩。**

只要我们坚持努力，付出总会有回报。当我们走过漫长的黑夜，终会迎来黎明的曙光。那时，我们会发现，曾经的忙碌已经成了我们成长的阶梯，让我们变得更加坚韧、更加自信。 总之，面对忙碌，我们不应该烦躁和逃避，而是要学会调整心态、规划时间、寻找乐趣和坚定信念。这样，就能在忙碌中找到生活的意义和价值，让我们的生活变得更加充实和精彩。

第 3 章

柔软平和，
修炼强大内核

当你舍得放下时

一念嗔心，能开百万障门

明镜止水以澄心，青天白日以应事，霁月光风以待人。

弘一法师晚年时，身体不太好，有时出门要坐人力车。

有一次坐车，车夫要价很高，弘一法师的同伴同车夫讨价还价，发生了口角。弘一法师向来不同人讨价还价，听到同伴与车夫争执，心中很不高兴，一直劝他按车夫的索价付车费。

回到寺里后，弘一法师立刻很生气地将禅房的门关紧，说是要断食，送来的饭食也不肯吃。昙昕法师知道了，急忙与寺中的传贯法师商量，想要劝弘一法师不要断食。

两个人结伴来到弘一法师的房间，一直敲门，弘一法师拒不开门，直到晚上才打开房门。因为他过午不食，所以晚上开门对断食没有影响。弘一法师对他们说起自己断食的缘由："我们出家人一发了脾气，如没有断食，把动怒的心压制下来，就会堕入恶趣。"他说此话时神情严肃庄重。

弘一法师断食，是为了要平息自己的怒气，平息嗔心。我们普通人可能做不到断食，但是可以在自己动了嗔心之后，好好地反思一下，想想有没有可能换一种方式处理。或许下一次，遇到同样的事，你的心态就会转变。

那么到底什么是嗔念呢？简单地说，可以理解为一切不好的情绪。

郁闷、烦躁、暴躁、愤怒、反感、厌恶、纠结、焦虑、后悔、嫉妒、忧愁、怨恨等负面情绪都是嗔心在作怪，都是嗔念的外象。

一念嗔心，能开百万障门。弘一法师一语道破了知行合一的难度，这就是我们懂得了很多道理，还是过不好这一生的原因。

一旦你的嗔心发作，那么就犹如打开了潘多拉魔盒。人们常说，发脾气就是"火烧功德林"，嗔心一起，既伤人又伤己。福气和运气，自然也就离开了。

当人在生气时，血压升高，大脑缺氧，头脑发蒙，血气上涌，消耗大量能量。嗔念还会让人偏执，容易钻牛角尖，目光所及只看到眼前的那一个点，理智消失了，判断力没有了，此时特别容易做出错误的决定而后患无穷。

如果我们的心不能安宁，情绪不能很好地得到安放，没有一个好的心情，做事情自然也不能遂心如愿。

当你舍得放下时

"喜怒不节,则伤脏,脏伤则病起。"这是《黄帝内经》里的记载。我们也都知道怒伤肝,怒火中烧,怒上心头,怒火攻心,每一种情绪都直接消耗我们的健康。

佛家有句偈语:"命由己造,相由心生,境随心转,有容乃大。"坏脾气就是心魔,你不控制它,它便反噬你。你的脾气里藏着你看过的书、走过的路,甚至你的教养和品格。

嗔心其实是"我执"在作怪,把"我"看得太重,导致一旦与别人有了分歧,便觉得"自我"受到了伤害,就自然而然感觉到恼怒。为了防止这种嗔恨心发生,关键是淡化自我,放下我执,设身处地地换位思考,多为别人着想。

佛家说:"怒者,心之奴。"上为奴,下为心,一个嗔念重的人,不但会令自己不舒适,可能还会给周围的人造成困扰甚至伤害。

你要知道,仅有嗔念是解决不了问题的,反而会加重问题的严重性。那些嗔恨心重、脾气暴烈的人,做事也急躁,于是越躁动,事情越糟糕,事情越糟糕,脾气越大,最后甚至有可能造成可怕的恶果。还因此容易得罪人,往往容易惹祸上身,最终的结局一般都不太好。

三国时期,蜀汉名将张飞在镇守阆中的时候,听闻结义兄弟关羽被害,悲愤不已。因报仇心切,张飞命令帐下部将张达和范疆,在三天之内打造出数十万套白旗白甲。但是张达和范疆没有按时完成任务,脾气暴躁的张飞将两人痛打了一顿,打得两人血流满面。这件事让张

第3章 柔软平和，修炼强大内核

达和范疆怀恨在心，他俩趁张飞喝醉酒时将其杀害，然后拿着张飞的首级，连夜投奔东吴去了。

愤怒，是本能，也是心魔。生活琐碎，我们难免会生出许多嗔念，一旦心中产生了嗔念，那么暴戾之气就会跟着增长。因一念怒火，种种不顺如潮水般袭来。所以，我们必须时时刻刻警惕自己的嗔念，适时化解，方能心境安详。

要留住福气，就得先控制脾气。生活的状态，与人的脾气息息相关。一个人越爱抱怨，越爱发脾气，生活越是不如意。而心中充满平和喜乐的人，生活简单纯粹，福报如影随形。

成年人的世界，从没有"容易"二字。谁的人生，不经历一些挫折呢？遇事先收住嗔恨心，有百利而无一害。

乱发脾气不是真性情，只是修行不到家。

做好情绪管理，做到不轻易起嗔心，一个人才能真正做到从容大度，心止如水，情绪稳定。

烦恼、是非、计较，究其原因，都是一个"放不下"。

杨绛先生说："我和谁都不争，和谁争我都不屑，简朴的生活、高贵的灵魂是人生的至高境界。"没有什么比过好自己的日子更重要，你想要怎样的生活方式，取决权还是在你自己的手上。放得下，路才可以变宽。作家冯唐讲到了点子上："尽人事，知天命，随缘起落，诚心正意，不紧不慢。"

拿得起，是一种能力；放得下，是一种大智慧。

当你舍得放下时

现实生活中，有一个观念常常把我们引向弯路，相当一部分人会说，情绪压抑得太久会出问题，所以要及时地宣泄。这种说法可以换一种方式说，就是以合适的方法排解负面情绪。

就像电视剧《武林外传》中郭芙蓉自我控制时说的一段话："世界如此美妙，我却如此暴躁，这样不好，不好……"会心一笑过后，是否会觉得，心里的嗔念，变得没有那么重了呢？那些不满和怨恨终将在平静之中消失得无影无踪。

一个没有嗔怒之心的人，在人们的眼中也必定是个心胸豁达的人。他必然会拥有一颗平和的心灵、一片宽广的心胸、一个高远的人生格局和一份高质量的生活。

第 3 章 柔软平和，修炼强大内核

静下来，力量就与你同在

静能制动，沉能制浮，宽能制褊，缓能制急。

有一天，弘一法师的一位旧交邀请他故地重游，去一趟上海的城南草堂。

弘一法师到达草堂后，老友追忆往昔，连声感叹，希望弘一法师能回归当年的生活，还作了一番详细的规划。

弘一法师默默听着，一言不发，最后竟不辞而别。

事后，弘一法师为老友修书一封寄去，信中写道："人生宜静默、宜从容、宜俭约。忌多欲、忌妄动。"

他劝朋友别再多事，也给自己约法三章：不与人师，不见来客，不纳施舍。

他再次回寺闭关，深居简出，抵达了至纯至简的庄严境界。

人静则安，静能生慧。这是一种生活的艺术，也是一种内心的修行。

在这个繁忙而喧嚣的世界里，我们往往被各种琐事和纷扰所困，很难保持内心的平静。然而，正是这种内心的平静，为我们提供了理解世界、解决问题的独特视角。人静则安，这并不仅仅是一种生活状态，更是一种生活态度。当我们让自己远离喧嚣，置身于静谧的环境，我们能够更清晰地听见自己内心的声音。这种内心的平静并不是一种消极的逃避，而是一种积极的面对。

在静谧中，我们能够更好地审视自己的内心，了解自己的需求和欲望。这种内心的平静使我们能够更好地应对生活中的挑战，更好地处理复杂的人际关系。在静谧中，我们能够找到内心的安宁，这种安宁是我们在面对困难时最强大的武器。

静能生慧，这是一种精神的升华。在宁静的心境中，我们能够更深入地思考，更清晰地理解世界的本质。这种理解不仅让我们能够更好地认识自己，也让我们能够更好地理解他人。在静谧中，我们能够发现那些被忽视的细节，找到解决问题的新方法。这种智慧并不是一种天生的能力，而是一种通过内心的平静和深入思考而逐渐培养出来的品质，这种智慧是我们在面对困境时最宝贵的财富。

同时，我们也需要将这种内心的平静和智慧应用到日常生活中。当我们面对困难和挑战时，我们需要保持冷静和理智。我们需要用内心的平静去化解矛盾和问题，用智慧去寻找解决问题的最佳方法。只有这样，我们才能真正地应对生活中的各种挑战，成为更好的自己。

第 3 章 柔软平和，修炼强大内核

沉静是一种内心的沉稳，是一种面对困境时的从容不迫。当突如其来的刺激来临时，我们的情绪可能会发生急剧变化，但能否控制这些情绪，却取决于我们的心理素质。只有那些心理素质强大的人，才能在困境中保持冷静，从而找到解决问题的最佳方法。因此，无论我们面对何种困境，都应该学会保持冷静。因为只有在冷静的状态下，我们才能做出最明智的选择。

只有内心宁静的人，才能拥有真正的力量。静气并非与生俱来，而是需要我们通过修炼和积累来培养。人的最大潜能，往往隐藏在心理和精神层面。而管理好自己的情绪，保持冷静，则是激发这些潜能的关键。**一颗平静之心，是我们潜在的资产，它往往在我们身处困境时，发挥出最大的价值。**

弘一法师说："心如止水，乱则不明，静则能照。"只有当我们的内心像静止的水面一样平静时，才能清晰地映照出事物的真相。

一杯混浊的水放一放，自会清浊分明；人经常静一静，才会在浮躁与沉静中找到出路。

所以，让我们学会静下来，让内心的力量与我们同在。不要被外界的喧嚣所干扰，保持内心的宁静和坚定。相信我，这种力量会让你变得更加自信、坚定和成功。

当你舍得放下时

内心充盈才能从容

  放轻松，任由阳光盈满你，然后闪亮。

  弘一法师的学生丰子恺在小诗《豁然开朗》中写道："你若爱，生活哪里都可爱；你若恨，生活哪里都可恨；你若感恩，处处可感恩；你若成长，事事可成长；不是世界选择了你，是你选择了这个世界；既然无处可躲，不如傻乐；既然无处可逃，不如喜悦；既然没有净土，不如静心；既然没有如愿，不如释然。"

  这首小诗传达出一种人生态度，那就是不管在什么时候，我们都要保持自己内心的充盈。

  人生任何美好的享受都有赖于一颗澄澈的心，唯有内心富有充盈，方能从容抵抗世间所有的不安与躁动。

  所谓内心丰盈，是指一个人拥有强大的核心，有自己的思维方式、

第3章 柔软平和，修炼强大内核

自己的认知、自己的主见、自己的判断，而不被外界一切是非所左右。

生活的压力、紧张的节奏很容易让人们的心境失衡，无法以宁静的心灵面对诱惑时，日复一日就会备感心力交瘁或迷茫躁动，加重生命的负荷，加剧内心的消耗。

在一条老街上住着一位老人，经营着一份卖铁锅、菜刀的小生意。他自己每天坐在门口，而货品却摆在门外。老人既不吆喝招揽生意，也不跟顾客讨价还价，到了晚上也不收摊。街坊们不论什么时候打这儿经过，都会瞅见他躺在竹椅上，身边放着一台收音机和一把紫砂壶。他的生意不好不坏，始终平平淡淡，每日的收入虽然不多，却也足够他喝茶和吃饭。年迈的他，已不再需要更多的东西，所以他心里很满足。

有一天，一个文物商人路过老街，无意中瞥到老人身旁的那把紫砂壶，那把壶看上去古朴雅致、质地润泽，乍一看像是清代制壶名家戴振公的风格。文物商人走上前去，拈起那把壶，在壶嘴内发现了一记印章，果然是戴振公亲手制作的紫砂壶。

文物商人大喜过望，戴振公向来有捏泥成金的美名，据说作品仅存于世两件，商人当即打算用10万元的价格买下这把壶。当他报出这个价格时，老人先是吃了一惊，但他想了想，还是拒绝了，因为那把紫砂壶是他爷爷留下的，他们祖孙三代打铁时都用它喝水，这把壶陪伴了他们很多年的光阴。

尽管茶壶没卖，可是文物商人走后，老人平生第一次失眠了。

当你舍得放下时

他用那把壶泡了近六十年的茶，一直以为那是一把普普通通的壶，如今竟然有人开价 10 万元要买下它，实在是太不可思议了。以前，老人躺在椅子上喝水，总是闭目养神，把壶放在小桌上，现在却总是时不时地坐起来看一眼，这让他感到十分不自在。最让老人难以忍受的是，当左邻右舍听说他有一把价值不菲的紫砂壶后，他的家就变得热闹了，人来人往。有人问他还有没有别的宝贝，甚至有人开始向他借钱。老人的生活被彻底弄乱了，他一时不知该如何处置这把壶。

过了几日，当文物商人带着 20 万元现金再次上门的时候，老人实在是受不了了，他叫来左右店铺的人和前后邻居，当着大家的面将那把紫砂壶砸了个粉碎。

后来，老人依然像以前一样在小店门口卖铁锅、菜刀和剪子，悠闲安然地活了 100 多岁。

当人们心中有了外物的挂碍，心境就会变得不平静，这正如故事中的老人被一把价值不菲的紫砂壶搅乱了原本安静、惬意的生活。幸好老人是睿智的，他毫不犹豫地砸碎了那把令大家羡慕的壶，也打破了物质对自己的诱惑和羁绊，从而得以回归心灵的宁静。

心灵的宁静是一笔财富，一笔融入丰富人生智慧的财富。这笔财富的积累需要阅历的沉淀。一个人具备了心灵的宁静，就意味着他的思想逐渐成熟丰盈，并对人生得失的哲学有了一种深刻的理解。

内心丰盈的人，彰显着生命的优雅，看到的处处都是风景，如同

第 3 章　柔软平和，修炼强大内核

丰子恺的诗写的那样，总是能够"静观万物皆自得"。

王阳明说，人人自有定盘针，万化根源总在心。

人生只有向内求索，内核稳定了，内心幸福了，任何外在的变化都不能够影响到你的心情。

叔本华说：人生最好的境界就是丰富的安静！

为了生活，我们一直马不停蹄地赶路，做一个情绪稳定、知行合一、内心丰盈的赶路者，逢山开路遇水搭桥，活成自己想要的样子。

当你舍得放下时

学会自洽，不要在别人心中修行自己

我们曾如此期盼外界的认可，到最后才知道，世界是自己的，与他人毫无关系。

弘一法师说："永远不要在别人的心中修行自己，也不要在自己的心中强求别人，你需要反省的是自己的眼光和见识，而不是自己的真诚和善良，人生辽阔，不要只活在爱和悔恨中。"

在这个纷纷扰扰的世界中，我们如何能找到那条通往澄澈内心的清晰之路？真正的修行，是在自己的心中，而不是在他人的评价体系里。真正的成长，是自己内心的升华和能力的提升，而不是外界的认可。

很多时候，我们都在无意识地寻求他人的认同，希望自己的言行能得到周围人的赞许。但是一个重要的事实却常常被人忽略，大千世界，每个人的认知水平和价值观都有差异，不可能有一个绝对统一的标准

第 3 章　柔软平和，修炼强大内核

来衡量我们的行为。有一首古诗这样写：做天难做四月天，蚕要温和麦要寒。出门望晴农望雨，采桑娘子望阴天。因此，无论你做什么、怎么做，都不可能让每个人都满意。

所以，过分追求他人的认同，只会让我们失去自我，无所适从。以别人的评价作为风向标，会让自己的人生道路迷失方向。

相反，如果我们能够开阔自己的眼界，扩大自己的见识，不断提升自己的认知水平，就不会被外界的声音所左右，就能更加明晰自己的人生方向，拥有坚定的内心，好好地做自己。

网上有这样一句话："你聪明，有人说你有心机；你努力，有人说你运气好；你乐观，有人说你虚伪。你明明就是一杯白水，却被人硬生生逼成了满肚子憋屈的碳酸饮料。"

不管你怎么做，总会有人不喜欢你，所以我们要有勇气接受别人不喜欢自己，甚至讨厌自己。

那些活得比较洒脱，人际关系比较舒适，不太受到外界因素影响的人，都是一些可以从容地保卫自己边界的人。

人生辽阔，不应该局限于别人的眼光之中。我们要学会放下对他人的期待，放下对自己的苛求，用一颗平常心去对待这个世界。当我们能够做到这一点时，我们就会发现，原来这个世界如此宽广，原来我们的心灵可以如此深邃。

我们要勇敢地活出自我，才能真正地感受到生命的力量，感受到心灵的自由。或许这个过程并不容易，重要的不是别人认不认可你，

而是我们要认可自己。人活着，追求自己内心的认可和满足，才是最重要的，要坚信自己的价值不会因外界的评价而变化。

人生短暂，只有活出自己的精彩，才不会留下遗憾。生活是自己的，人生是自己的，你要学会为自己而活，听从内心的呼唤，按自己喜欢的方式去活。

人生是一条没有回程的单行线，只有做自己喜欢的事情，才能真正实现生命的价值。如果一个人的一生都在做自己不喜欢的事情，过自己不喜欢的生活，不是一件巨大的憾事吗？

有梦想，就去追，就算失败，也要有重新开始的勇气和决心。生命只有一次，你总得为自己去做点什么，不要怕别人笑话，你要坚定自己的信念，朝着心中梦想的方向前进。

人这一生最大的幸福是勇敢地活成自己想要的样子，这是人生中最值得追求的幸福。你不必向别人交代，只需要让自己舒心。

当你不再在意别人的眼光，才能自在地表达自己，体验到更多生命的快乐。

我们曾如此期盼外界的认可，到最后才知道：世界是自己的，与他人毫无关系。取悦别人不如悦纳自己，让我们忘却外界的声音，做最好的自己，这样才会真正获得美好的人生。

第 4 章

抛开繁缛,
大道至简,
追寻生命真意

当你舍得放下时

追求素简，修一颗清净心

人间有味是清欢。

弘一法师苦修佛法大成后，曾受湛山寺住持谈虚法师的邀请，去弘扬"南山律宗"。

青岛的僧众百姓得知了这个消息，给他安排了盛大的欢迎仪式。

弘一法师知道后，立即言明三点：

不为人师、不要开欢迎会、不要登报宣扬。

住持见此，只得撤掉了消息稿。

后来，住持在给弘一法师安排住处时，看到弘一法师的被褥破旧，又想给他换一床新的，弘一法师依旧坚决推辞。名利也好，物质也好，于他而言，都不过是身外之物，他看得很淡。

他所求的，不过是在复杂的世界里，静守内心的澄澈，过简单的

第 4 章 抛开繁缛，大道至简，追寻生命真意

生活，做一个简单的人。

因此，尘世中的人要与他来往，他一般都会选择杜绝纷扰，避而不见。

当年他在温州静修时，温州道尹林鹍翔慕名前来拜访。他前后来了四次，弘一法师每一次都称病谢绝。

外面的世界纷繁复杂，风云变幻，他却伴着青灯古佛，晨钟暮鼓，闭门静修，活出了至真至简的境界。

弘一法师说：一个人，如果总是喜欢沉迷于虚浮之事，他会活得很累很累，福气自然与他无缘。唯有摆脱虚浮之事，人生方显厚重，福气才会不请自来。

人生虚浮之事很多，但是，浅薄之人却不这样认为，陷入名利的深潭中的人，把生命的价值寄托在名利、地位上。其实，人生之真实、生命之厚重恰恰在于摆脱这些虚浮之事的困扰。

与弘一法师一样，东汉的名士姜岐也是一个能够摆脱虚浮之事的人。

姜岐出身富贵，家中有良田千顷。但是，童年时他的父亲就因病去世了，他与哥哥共同侍奉寡母。姜岐恪守礼教，孝敬母亲，在汉阳郡内名望很高。

延嘉年间，沛国人桥玄任汉阳郡太守。桥玄刚上任时，想找一位有威望的人帮助他治理汉阳郡。得知姜岐是当地有名的贤士，便邀请姜岐任功曹之职，姜岐却托病不肯上任。桥玄很不高兴，认为姜岐故

意推托是不愿与自己共事,于是就命督邮尹益亲自去姜岐住处,逼其赴任。

尹益久闻姜岐是位孝子,便劝谏桥玄,让姜岐在家隐居,教化弟子使郡县的民风为之一新,比担任功曹更好。

后来,姜岐的寡母去世了,他主动将田产家资全部给了哥哥,自己到深山里过起了隐居的生活。他喂养了很多蜜蜂,采集了大量的蜂蜜,分送给左邻右舍。人们尝过之后,都觉甜美异常。在姜岐的带领下,山民都跟着他学习养蜂,将蜂蜜运往外地去卖。

渐渐地,山民们都富了。不久,这个山区竟有了近千户的养蜂人家。人们都知道姜岐很有学问,纷纷将自己的儿女带到他家,拜他为师,他的学馆也有了几百个弟子。

姜岐隐居山林的消息传到了荆州刺史那里,刺史聘请姜岐任荆州从事,可他却如上一次一样,依然不肯赴任。刺史无奈,又推举他担任汉代选拔官吏必考科目的主考官,可是姜岐始终不愿离开他的世外桃源。后来,朝廷再次任命他为蒲沂县令,他依然没有答应,直到年迈无疾而终。

在那个很多人都热衷于功名,挤破了头都要谋个一官半职的时代背景下,姜岐却能真正做到视名利如浮云,为山民谋福利,淡泊过一生。

人生的至高境界,是返璞归真,追求素与简。多,即是少。少,即是多。

人间最有味的,就是这清淡的欢愉。人心越是简单,生活越是素简。

苏东坡在黄州与泗州友人刘倩叔共游南山,朋友以蓼菜、新笋等野菜相待，苏东坡品尝后，举箸感叹："人间有味是清欢。"苏东坡在尝尽人生五味之后，终于悟得清欢之所以好，是因为心态超逸，不讲究物质的条件，只注重心灵的品位。返璞归真，让生命回归最本真最舒适的状态。

这正应了道家的那句名言——大道至简。越是高级的东西越是简单，简到极致，便是大智慧。

这个世界，没有无成本的占有，你所占有的东西，同时也在占有你。所以，从某种程度上说，一个人放下得越多，越富有。人活到极致，一定是素与简。生活越是素简，内心越是绚烂丰盈，越能用心倾听内心的声音。

《菜根谭》里写道：势利纷华，不近者为洁，近之而不染者尤洁。

意思是说，不接近名利富贵的人清白，而接近却不受污染的人则更为高洁。

这样的人，世事再纷扰，也搅动不了他们内心的简单纯粹。在这复杂的世界里，愿你我都能够成为这样的人。

当你舍得放下时

计划不要太满，生活不要太挤

少则得，多则惑。

在某个学校的一节课上，老师问大家："有人想要烧开一壶水，烧到一半时发现柴不够了，他该怎么办？"

有的学生说赶快去找木柴，有的说用其他燃料替代。

老师说："为什么不能把壶里的水倒掉一些呢？"

同学们顿悟，沉思。

与其半途而废，为什么不能"倒掉一些水"，专心做对自己更有用、自己更喜欢的事情呢？

不知道你在生活中会不会有这样的感受，很多事情需要排队处理，需要达成的目标也太多，分身乏术，时间总是不够用。

然而，这种繁忙常常使我们忽视了自己内心真实的渴望，没有时

第4章 抛开繁缛，大道至简，追寻生命真意

间停下来思考，也没有闲暇去享受生活。人生不应只是一连串勤勉目标的叠加，而是应该留有时间和空间来沉淀和探索，当我们将人生计划得过于拥挤时，只会让我们心累，逐渐缺乏对生活的热忱。

要拥有一个不太拥挤的人生，我们就要明确自己的价值信仰和主要目标，为目标而倾注心力。

晚清名臣曾国藩是中国近代史上一位重要的人物，得到了"立德立功立言三不朽，为师为将为相一完人"的超高赞誉。这样一位饱受赞誉的卓越大家，却有着"崇尚笨拙"的人生信条。

曾国藩考取秀才的过程可谓曲折艰难，前前后后共考了七次才中。然而，后面的举人和进士之路却比较顺利，这种"前慢后快"的局势完全得益于他"笨拙"的学习方法所奠定的基础。

其实，曾国藩的学习方法非常简单，甚至显得有点"一根筋"。他阅读文章的时候，不读懂上一句，就不读下一句；他看书的时候，不读完上本书，就不碰下一本书；他做事的时候，不踏踏实实做好上一件事，就不会火急火燎去做另外一件事。用曾国藩自己的话说："拙看似慢，实则最快。"

作为现代人的我们，却总是喜欢把"效率"挂在嘴边，总希望在有限的时间里，完成更多的事情，在有限的人生中，得到更多的收获，取得更多的成绩。时间就是金钱，时间就是成就，时间就是机会，一个又一个"时间管理"的方法，已经成了我们实践履行的准则。

当你舍得放下时

于是，我们制订了详细周密的目标和计划，拉了一个又一个的清单，把生活安排得满满当当。我们的生活似乎因为各种计划的填充和执行，变得充实而又自律。

我们总是对自己的时间、精力、能力、意志力预期过高，充满自信，认为自己可以在限定的时间里，同时从事更多的工作，同时完成更多的任务。结果却让自己在一个又一个行动计划中切换，非但没有提高自己的工作效率，反而还降低了应有的工作效率和生活质量。

然而很多时候，太多的计划和目标，反而成了我们的精神负担和行动障碍，不仅让我们的生活变得杂乱且无序，更让我们的情绪变得烦躁和焦虑。其实，"多计划"和"无计划"一样可怕，"多重点"和"无重点"都会让人陷入迷茫。

当我们因为计划过多而陷入忙乱导致低效的时候，当我们因为计划繁杂而使工作质量降低的时候，我们的心情自然而然地会受到这些负面结果的影响，从而变得低落和不自信。

有句话说得特别有道理，情绪控制我们的行动，行动又会反过来影响我们的情绪。我们需要做出的首要调整，就是明确自己要做的第一要事，将其列为优先事项，放在生活的核心地位。

在有限的时间和精力下，只有对所做之事做出取舍，我们才能专注于更重要的事情。

正如《道德经》中所说："少则得，多则惑。"如果我们心中杂念太多，索求太多，就会精力耗散，身心疲惫，最终一无所获。

第4章 抛开繁缛，大道至简，追寻生命真意

只有学会精简，我们才能在纷繁复杂的事件中，抽丝剥茧，看到本质，把握决定成败的关键，从而保持专注，走向高效人生。

所以，不焦虑的核心就是，不断做减法，把不重要的计划消除，把一些不必要的过程、枝节砍去，不断聚焦在一个点上。

很多时候，我们的烦恼和不顺心，恰恰是因为我们想要的太多，然而能够实现的又太少。可是人的时间和精力都很有限，不可能事事都能达成，事事都做到极致。真正睿智的人，往往会精简计划，从而收获更多的成就感和幸福感。

小说《九州缥缈录》中，有这么一段富有禅意的话："世上的事情，常常都是这样，有的人求得太急切，最后什么都得不到。有的人放弃了，却又得到了。其实得得失失又算什么？最终还是都要失去的，只可惜很多人在得得失失里面失去了自己的心。"

于是乎，我们什么都希望得到，什么都害怕错失，什么都想计划周全。结果却是在盲目的追求过程中，忘记了自己的初心。

饭要一口一口地吃，事情要一件一件地做，目标要一个一个地实现。 很多超乎能力范围的梦想，不如像手中的沙子一样，直接扬到风里。你只有不断聚焦到一个点，才能把有限的精力集中起来，事情才能做到极致。

散落的雨滴随风飘扬是没有多大力量的，但是如果汇聚起来，足可以冲毁堤坝；一缕阳光是不能起火的，但是用一个放大镜聚焦，可以在几分钟内将纸张点燃。专注聚焦，把所有的力量集中在一处，产

生的力量是非常惊人的。

　　把减法做到极致，化繁为简，只选取人生当中最重要的事，投入自己全部的热情和精力去做，幸福就会向你招手。

　　放下压在自己身上的诸多期望，接纳自己的不完美。生活不需要筹谋得过于复杂，计划也不要排列得过于拥挤。让我们为自己预留出足够时光和空间，来体验生活的美妙，追求内心最深切的渴望。

第 4 章　抛开繁缛，大道至简，追寻生命真意

知止常止，岁月无恙

知止常止，终身不耻；知足常足，终身不辱。

1919 年，弘一法师送给好友夏丏尊一幅字，上书"知止"二字。当时，他在杭州虎跑寺出家已一年零一个月了。"知止"是什么意思呢？"止"是指"归宿""立场"，"知止"即是指一个人对自己的目标、结果和原则立场有明确了解。"知止"，寥寥二字，却蕴含着无限深意与禅机。

弘一法师还有一副著名的对联："事能知足心常惬，人到无求品自高。"

"知足"是对自己得到的可以接受；"知止"是自己看着到达某个程度了，伸手去挡住，说："我不要了。""知足"由人，"知止"由自己。"知足"是不贪，"知止"是不随。

弘一法师出家之后的生活，持戒严谨，淡泊无求，一双破布鞋，一条旧毛巾，一领补丁累累的旧衲衣。饭食唯清水煮白菜，用盐不放油。信徒供养的香菇、豆腐之类，皆被他谢绝，决意要做一个苦行僧。

弘一法师说："出家人的生活在人们看来是相对清苦的，但对于真正的出家人而言，他们并不会认为苦，而是把苦当成乐，并且从中获得真正的快乐。"

弘一法师在讲解《佛遗教经》的时候曾说："行少欲者，心则坦然，无所忧畏，触事有余，常无不足。"他也常劝诫世人："人生在世都希望有一个幸福快乐的生活，然而幸福快乐由哪里来呢？绝不是由修福而来，今天的富贵人或高官厚禄者，他们日日营求，一天到晚愁眉苦脸，并不快乐。修福只能说财用不算匮乏，修道才能得到真幸福。少欲知足是道，欲是五欲六尘。无忧无虑，没有牵挂，所谓心安理得，道理明白，事实真相清楚，心就安了。六根接触，六尘境界不迷，处世待人接物恰到好处，自然快乐。"

相传，在普陀山下有个樵夫，整天起早贪黑辛苦地干活，仍然不能得到温饱，家中常常揭不开锅。他的老婆每天都在佛前虔诚地烧香拜佛，祈求佛祖慈悲，能让他们的生活好起来。她的祈祷感动了佛祖，一天，樵夫上山打柴时，在一棵大树下挖到一尊金罗汉。

一贫如洗的樵夫一下成了富翁，买田置地，日子富裕起来。按说，他从穷光蛋变成富翁，应该开心才是。可是，樵夫才高兴了几天就愁眉苦脸、唉声叹气了。

第4章 抛开繁缛，大道至简，追寻生命真意

他老婆不解："我们现在衣食无忧，又有良田美宅，你还愁什么？"

樵夫听完老婆这一番话，却大发其火："你懂什么？十八个金罗汉我才得了一个，其他十七个还不知道埋在哪里，我怎么能开心？"就这样，樵夫终日为那没能得到的十七个罗汉郁郁寡欢，没多久就郁郁而终。

人不快乐、不幸福，很多时候不是因为拥有的太少，而是因为不懂得知足、知止。不知足，无论有多少东西都会觉得自己拥有的太少，永远为得不到的郁闷；不知止，不懂得见好就收，最后反而连同拿在手里的都留不住了。

一天傍晚，虚有禅师去河边散步，看见几个人正在岸边钓鱼，禅师就站在旁边观看。这时，其中一位垂钓者竿子一扬，甩上来一条大鱼，足有三尺长，活蹦乱跳的，旁边围观的人都为他喝彩。可是，这个人取下鱼嘴内的钓钩，竟然将鱼又丢进了河里。大家感到很诧异，但心里又很佩服这个人，心想这么大的鱼还不能令他满意，可见这是个垂钓高手。过了一会儿，钓者鱼竿又是一扬，钓上一条两尺长的鱼，钓者摘下钓钩，又将鱼扔进河里。第三次，钓者的鱼竿再次扬起，却是一条很小的，不到一尺长的鱼。围观的人群发出惋惜的声音，不料这次钓者却将鱼小心解下，放进鱼篓。

围观的人感到非常纳闷，就问他："为何不要大鱼要小鱼呢？"

这个钓鱼的人回答："因为我家最大的盘子不过一尺长。"

看到这个情景，禅师深有感触地说："世人皆求大不求小。其实，

适合自己的才是最好的。"

可能有人会觉得这个钓鱼的人很傻，换个大点的盘子不就行了？其实，此人只要一尺长的小鱼，岂止是因为盘子不够大，他要的是那一份知足常乐的自在心情啊！

圣严法师曾说："如果现代人能淡泊名利、不去计较，用'一粥一饭'的态度过日子，必然会觉得格外充实，而且在充实之中会有淡泊、宁静、轻松、自在，仿佛无事一般的心境。"

"一粥一饭"的说法缘自一个佛教故事。

仰山禅师问师父沩山禅师："师父，等您圆寂之后，如果有人问师父的道法是什么，我该怎么回答？"

沩山禅师只回答四个字："一粥一饭。"

为什么说一粥一饭呢？因为在寺院，僧人们早上吃一顿粥，中午吃一顿饭，晚上不吃饭，所以每天只吃一粥一饭。沩山禅师用"一粥一饭"四个字告诉人们要学会知足。

拥有多少都一样快乐，这样的人，便是知足。因为知足，内心便充满富足感。而那些不知足的人，总是觉得自己得到的还不够，内心永远充满匮乏感。人的欲望是永无止境的。佛陀在《因缘品》中说："即使天上降下金银珍宝之雨，贪婪之人也不会满足。"不知足，正是我们感到不快乐的根源。"得失从缘，心无增减"，懂得知足的人，因为放下了执着，即使目标不能完全实现，他也会觉得人生是一样的美好。

人生在世，烦恼的根源，多是为了夺得一点蝇头小利而争斗不休，

第4章 抛开繁缛，大道至简，追寻生命真意

为细小的得失而唠唠叨叨，不能辩证地看待"得"与"失"，总是殚精竭虑地自我盘算，目光短浅，心胸狭隘，自私自利，疑神疑鬼。

有位七十岁的老先生，携一幅"祖传名画"参加电视台的鉴宝活动。他对主持人说，父亲告诉他，这幅画是名家作品，价值数百万元，所以他一直细心收藏，还老是提心吊胆，怕有个闪失。这次拿来请专家作个鉴定，看看到底是不是名画。

鉴定之后，几位专家的意见一致，这幅画是赝品。现场观众都同情地看着老先生，怕他承受不了这个打击。但老先生表情平静，泰然自若。主持人问："对于这个鉴定结果，您一定很失落吧？"

老先生淡然一笑，说："没什么的，至少我以后不用再担心有人来偷这幅画，可以放心地把它挂在客厅里欣赏了。"

人生中没有绝对的"得"与"失"，如果能像老先生这样，不以物喜，不以己悲，心胸坦荡，视"得"与"失"为正常现象，"得"不张扬，"失"不难过，就可以烦恼全无。

知止常止，岁月无恙。若无闲事挂心头，便是人间好时节。

当你舍得放下时

凡事发生，必有利于我

决定我们自身的不是过去的经历，而是我们自己赋予经历的意义。

成为弘一法师之前的李叔同，人生的底色是苍凉的。幼年丧父，青年时家族衰败，又接连体会了爱而不得的情殇、曲终人散的分离，以及最爱的母亲的辞世。

这些境遇，曾经让李叔同极度痛苦。

随着对世事领悟的加深，他的心境也渐渐变化，蜕变为淡然超脱。39岁那年，他终于摆脱了名利羁绊，成了弘一法师。

佛家说，身不苦则福禄不厚，心不苦则智慧不开。每一次的磨难，都是一场修行。过往的际遇，都是对弘一法师佛缘的成全。

弘一法师说："不要执着于发生在你身上的一切，它的发生无论

第 4 章 抛开繁缛，大道至简，追寻生命真意

好坏，只不过是为了告诉你，借事修己，借假修真而已。记住，一切事情的发生，都是为了度你而来，一切都是最好的安排，一切的发生都将有利于我。"

有一位老和尚，身边有一群弟子。一天，他吩咐弟子们每人去山上砍一担柴。弟子们急忙赶到山下，不禁目瞪口呆。只见洪水从山上奔泻而下，灌满了平时能蹚过去的小河，河面波涛汹涌，河水深不可测，无论如何也休想渡河打柴了。白跑一趟，弟子们回去时都有些垂头丧气，唯独一个小和尚与师父坦然相对。师父问其原因，小和尚从怀中掏出一个苹果，递给师父说，过不了河，打不了柴，看见河边有棵苹果树，我就顺手把树上唯一的一个苹果摘回来了。日后，这位小和尚成了老和尚的衣钵传人。

世上有走不完的路，也有过不去的河。过不去的河掉头而返，也是一种智慧。但真正的智慧还要在河边做一件事情：放飞思想的风筝，摘下一个苹果。纵观古今，拥有这种生活信念的人，最终都实现了人生的突破和超越。

任何事的发生都不是偶然的，我们要做的是，找出其中的必然和自己能够负责的部分，最大限度掌控和改变事情今后的走向，不再自欺欺人，假装它们不存在。所以，相信凡事发生皆有利于我，并不会让你麻痹自己，而是清醒、理智地明白：这个事情在很久前，就在慢慢地铺垫了，隐患逐渐团成一团乌云，最终变成倾盆大雨。

无论生命中发生了什么事情，我们都没有办法让时光倒流，逆转

当你舍得放下时

事态，但我们可以决定当下如何看待这件事情，可以做什么，来改善目前和未来的状况。因为这种新的人生态度，你命运的齿轮开始转动。所以，无论是看起来多么糟糕的事情，都可以当成命运齿轮转动的咔嗒声，继续去大踏步地向你想要抵达的地方前进。

不过多纠结当前的得失，因为已经没有半点意义，以冷静平和的心态，看待一些生活中的境遇和困难。告诉自己："凡是来到我面前的，都是我可以解决的。正因为我有能力跨越，这个考验才会降临。"

据说，曾经有人传授给"牛仔大王"李维斯一个"制胜"的法宝，是一段话："太棒了，这样的事情竟然发生在我的身上，又给了我一个成长的机会，凡事的发生必有其因果，必有助于我。"或许正是这样一种思维方式，让他创造了一个创业传奇。

当年他像许多年轻人一样，带着梦想前往美国西部淘金。

途中，有一条大河挡住了道路。苦等数日，被阻隔的人越来越多，但都想不出办法过河。有人向上游、下游绕道，也有人原路返回，还有一些人站在岸边怨声连连。李维斯冷静下来，仔细思量眼下的状况，有了一个绝妙的主意——摆渡。大家都发财心切，没人吝惜一点小钱乘他的船过河。很快，他人生的第一桶金居然因大河挡道而获得。

一段时间后，过河的人少了，摆渡生意开始清淡，他决定继续前往西部淘金。来到西部后，到处都是淘金者，他找到一块适宜的空地，买了工具便开始淘起金来。几天之后，有几个凶神恶煞的大汉围住他，叫他滚开，说他淘金的地方是他们的地盘。他刚想争辩，那伙人不由

第 4 章 抛开繁缛，大道至简，追寻生命真意

分说对他一顿拳打脚踢。无奈之下，他只好沮丧地离开，找到另一处适宜的地方，没多久，同样的情景再次上演，他又被人撵走。最终，在一次次被人欺负之后，他又一次想起他的"制胜法宝"："凡事的发生必有其因果，必有助于我。"认真思考之下，他放弃了淘金，想到了另一个商机——卖水。

西部干燥缺水，他卖水的生意非常红火。可是好景不长，看到他赚钱，很快也有人与他竞争，竞争者越来越多。最终有一天，再次有人恃强凌弱地威胁他，不让他再卖水了，还将他的水车也砸烂。李维斯不得不再次无奈地面对现实。但他并未灰心，而是继续寻找商机。他发现来西部淘金的人，衣服极易磨破，又发现到处都有废弃的帐篷，于是他把那些废弃的帐篷收集起来，清洗干净，缝成了世界上第一条牛仔裤！从此，他的生意越做越大，最终成为举世闻名的"牛仔大王"。

如果我们能像李维斯一样，心平气和地接受一切，包括困难和挫折，让它们成为自己的垫脚石，就能走上更高的人生台阶。告诉自己，一切的发生皆有利于我，一切都会为我所用，成全自我。

想象自己在下一盘棋，目前虽然陷入困局，赶紧跳出来思考，如何改变局势。虽然暂时局势不利于我，但仍然要冷静地去筹划，主动寻求突破口。

如果从长期主义的视角去看待问题，我们遭受的磨难、挫折，都是让自己更加强大的养料。人并非天生就强大，都要经过历练，才能拿到更高阶人生的入场券。

当你舍得放下时

好的心态，不仅可以让自己的状态越来越好，也可以让自己的人生越来越顺遂。

某国有一位宰相，他的口头禅就是"凡事发生必有好处"。

有一天，国王在擦拭宝剑的时候，不小心割断了一截小手指，国王疼痛难忍，满朝大臣都不敢说话，宰相在一旁又说起了他的口头禅："凡事发生必有好处！"

国王勃然大怒，下令把宰相打入大牢，并重新任命了一个新宰相。

有一天，国王觉得百无聊赖，就带着新宰相和大臣们外出打猎游玩。国王一直追逐一只漂亮的梅花鹿，忘乎所以，不小心出了国界，误闯到一个土人部落的地界，国王和大臣们被土人活捉。

当天这个部落刚好有一个祭祀仪式，但是土人们祭祀不像文明国家那样用牲畜，而是用活人做祭品，拜完神后还要吃掉活人。

国王吓得面无血色，落到了食人族的手上，看来他和众大臣今天要有一个人难逃厄运，成为土人的祭品了。食人族一般都挑气质非凡、皮肤细嫩的人做祭品，表示对神的尊重，国王便是他们的首选。土人开始为国王洗澡，国王吓得浑身颤抖，这时土人们惊讶地发现国王有一个小手指断了一截，他们认为必须用完整的人祭神，否则会为整个部落带来厄运。因此，食人族把目光转到了新宰相身上，新宰相理所当然地成了祭品。

国王因为断指而捡了一条命。死里逃生之后，历经磨难回到了自己的国家，想起老宰相的那句口头禅，心想这回真的应验了。于是国

第 4 章 抛开繁缛，大道至简，追寻生命真意

王下令把老宰相释放，并设宴款待。国王对老宰相说："你那句'凡事发生必有好处'确实有道理，这回我因为断了一截手指而幸免于难，但是，你因为说这句话而被我关进了大牢，遭受了牢狱之灾，这也是一件'有好处'的事吗？"

没想到，老宰相立刻跪倒在国王面前："尊敬的陛下，感谢您把我关进了监牢。否则，和您一起去打猎的人一定是我，而成为祭品的人也很可能是我呀！"

凡事发生必有利于我，每一件事都有其存在的意义，那些或好或坏的经历都会让自己有所收获。所以，我们要允许一切发生，接受一切发生。

心理学家阿德勒说过："决定我们自身的不是过去的经历，而是我们自己赋予经历的意义。"过去所发生的一切，无论好与坏，都造就了现在的自己。

曾仕强先生说过："多想好事！"你不想好事，好事就不想你；你整天说丧气话，老天一定会成全你的，这叫自证。

心理学上有一个现象叫自证预言，简单解释就是：人会不自觉地按自己内心的期望来行事，最终令自己当初的预言发生。内心的投射会改变事情的结果。然后我们会认为这个世界就是这样的。但其实，事情本身可以有更多的可能性和其他的结果。

"凡事发生，必有利于我"，当学会这个心法，你就会发现，对任何事情都充满期待和希望，生活会变得越来越让你满意。

視人之惡猶己之惡視己之惡猶人之惡猛省力除無令愧怍法界眾生三毒除彼我同歸無上覺

丁丑四月
沙門一音

第 5 章

处事留白,与人为善,人生自从容

当你舍得放下时

以"淡"字交友,以"聋"字止谤

静坐,常思己过。闲谈,莫论人非。

弘一法师圆寂前,留下了两份手书,分别寄给朋友夏丏尊和学生刘质平,都是32字的偈语:君子之交,其淡如水,执象而求,咫尺千里。问余何适,廓尔忘言,华枝春满,天心月圆。

意思是说,君子之间的交往就如同水一样纯净,不掺其他杂物。通过表象去判断会误以为那就是真正的感情,但是与事实却相差很多。问我该如何安身立命,前路广阔得让我无言以对。见春满花开,皓月当空,内心一片宁静安详,那就是我的归处。

"君子之交淡如水"的说法,据说是来自唐朝名将薛仁贵。

薛仁贵幼年丧父,少年时家道中落,生活十分贫寒。薛仁贵娶妻后,生活更困苦了,搬到了窑洞里住。他有一位同乡,名叫王茂生,从小

第 5 章　处事留白，与人为善，人生自从容

就是好朋友，所以当王茂生看到薛仁贵生活困窘，常常接济他，尽管自己家也经常揭不开锅，但王茂生从不吝啬。

薛仁贵天生膂力惊人，加上刻苦练习，因此武功超群。后来，薛仁贵参军，在跟随唐太宗李世民御驾东征时，因军功卓著，被封为"平辽王"。

身份显赫之后，前来王府送礼祝贺的文武大臣络绎不绝，王茂生也送来"美酒两坛"。可是，一打开酒坛，负责启封的执事官吓得面无人色，因为坛中装的是清水，根本不是美酒。岂料薛仁贵听了，不但没有生气，反而当众饮下三大碗王茂生送来的清水。在场的文武百官不解其意，薛仁贵说："我过去落难时，全靠王兄弟经常资助，我知道王兄弟贫寒，送清水也是一番美意。"此后，薛仁贵与王茂生一家关系甚密，"君子之交淡如水"的佳话也就流传下来。

这里的"淡如水"不是说君子之间的感情淡得像水一样，而是指君子之间的交往，不含任何功利和攀附之心，纯粹清澈。弘一法师一生与人交往，也旨在一个"淡"字。朴实无华，平淡如水，反而获得了最持久、最真挚的情意。

他曾经说过：以"淡"字交友，以"聋"字止谤，以"刻"字责己，以"弱"字御侮。

与朋友交往要淡泊无求，用装聋作哑来止息毁谤，反躬自责要严格苛刻，面对别人的侮辱，以低姿态息事宁人。

人的一生，难免会有被人轻视、欺侮、误解、诽谤的时候。怎样

处理和面对，足以看出一个人的品格与涵养。北宋名臣吕蒙正的做法，堪称为人处世的范本。

吕蒙正原本出身富贵之家，但小时候父母感情不和，父亲把他和母亲赶出了家门，无依无靠的母子，寄人篱下，日子过得十分艰难。

有一年春节，他家里什么都没有，吕蒙正硬着头皮向昔日的亲朋好友、左邻右舍寻求帮助，不仅没人帮助他，还遭受了各种冷眼。

看到别人家张灯结彩，贴对联，吕蒙正也写了一副数字对联，上联是"二三四五"，下联是"六七八九"，横批是"南北"。这副奇怪的对联一贴出来，就引起了大家的注意，很多人都不明其意。

原来这副对联，上联是"二三四五"缺了个"一"，下联是"六七八九"少了个"十"，意思是缺一（衣）少十（食），而横批"南北"意思是没有"东西"。吕蒙正用这副设计巧妙的对联，自嘲当时的贫困和无奈。

艰辛的生活将吕蒙正的心志磨炼得越发坚韧，终于在十年寒窗之后金榜题名，一举高中，凭借自己的努力改变了命运。

金榜题名后的吕蒙正，官运亨通，前来攀附讨好的人越来越多。今昔对比，吕蒙正百感交集，于是又写下了一副对联：

上联：旧岁饥荒，柴米无依靠，走出十字街头，赊不得，借不得，许多内亲外戚袖手旁观，无人雪中送炭；

下联：今科侥幸，吃穿有指望，夺取五经魁首，姓亦扬，名亦扬，不论张三李四登门庆贺，尽来锦上添花。

第 5 章 处事留白，与人为善，人生自从容

此联一写出来，那些在他们母子穷困潦倒时，对他们冷嘲热讽的亲友和邻居，感到十分汗颜。

后来，吕蒙正刚被任命为副宰相时，第一天上朝，意气风发地走在大殿上，突然听到有人说："这小子也能当上参知政事呀？"面对这种讥诮，吕蒙正装作没有听见，若无其事地走了。

吕蒙正的一个下属听见了，非常气愤，对吕蒙正说："一定要追查此人，问他为什么要这样在背后出言不逊。"然后，就要去调查那个人的官职和姓名。

吕蒙正阻止了下属，笑了笑说："若是追查此人，知道了他是谁，一定终生不会忘记，恐怕就会一生怨恨，倒不如不知道来得干净。再说，他说说而已，对我又没有什么损害，还是不追查为好。"听了吕蒙正的话，下属都很佩服他的胸怀和大度。

俗话说："恩情易忘，怨恨难消。"吕蒙正这样做，就是要拒绝怨恨。记恩不记怨，需要宽容和雅量，这是一种做人的大智慧。

唐朝高僧寒山曾对拾得禅师说："世间谤我、欺我、辱我、笑我、轻我、贱我、恶我、骗我，如何处治乎？"拾得禅师回答："只是忍他、让他、由他、避他、耐他、敬他、不要理他，再过几年，你且看他。"

人都是有情绪的，别人的侮辱、毁谤、讥讽确实会令我们感到气愤，如果剑拔弩张、针锋相对，是很不理性的行为。明智的做法是，不要试图改变别人，也不用急着为自己辩护，而要像拾得禅师说的那样，遇事要退一步，让三分，然后试着适应他们。

《道德经》中说："将欲歙之，必固张之；将欲弱之，必固强之；将欲废之，必固兴之；将欲夺之，必固与之，是谓微明。柔弱胜刚强。"意思是想要收敛它，必先扩张它；想要削弱它，必先加强它；想要废去它，必先抬举它；想要夺取它，必先给予它。这就叫作虽然微妙而又显明，柔弱战胜刚强。

这段话，与弘一法师的话，有着异曲同工之妙。

面对别人的侮辱，对抗往往不能真正解决问题，还有可能使冲突升级，矛盾加剧。真正有智慧的人，反而会以弱字御辱。弱并不是懦弱，而是通过韬光养晦、柔顺谦卑，专心走自己的路，来实现自己的目标。

面对流言，首先得有一个淡定的心态，不用烦恼，更不要生气。要知道，具有被毒舌的价值，说明你在人群中很有存在感，被抬举成议论的中心，还筋头巴脑颇有嚼头。在不急不恼的基础上，我们还是要自省一下，是不是自己的行为有不当之处，或者能力上有什么短板，还是在人际关系上有什么漏洞，给了流言可乘之机。

不管别人怎么说，你自己的底气要足，只要自己能肯定自己，就不需要从他人对自己的评价上获得肯定。别人的嘴你管不住，别人的想法你也没有办法控制，整天想象别人对自己的看法只会增添烦恼，对生活没有任何好处。

流言的本质就是别人将他们带着自己认知、幻想、情绪的偏见投射在你身上，如果我们能从他人的毒舌中伤里，看到自己的不足，看

第 5 章 处事留白，与人为善，人生自从容

清自己如何看待自己，那么从流言蜚语中走一遭，不但不会沾上唾沫星子，还能适时修补自己的 bug。当流言制造机们发现流言不能中伤你，反而让你越来越好的时候，就是流言和你绝缘的时候。

人之谤我也，与其能辩，不如能容。人之侮我也，与其能防，不如能化。人生路上，唯有修好自己的心，才能保持从容不迫。

当你舍得放下时

涵容以待人，恬淡以处世

自处超然，处人蔼然；无事澄然，有事斩然；得意淡然，失意泰然。

俗话说：宽厚养大气，情义养人气。所谓宽厚也是一种做人格局的表现。做人最忌讳的就是尖酸刻薄，咄咄逼人，斤斤计较，唯有宽厚待人，才能更容易获得外界帮助和尊重。

弘一法师说，人褊急，我受之以宽容；人险仄，我待之以坦荡。他一生和气待人，更难能可贵的，是他能平等对待每一个学生。

1913年，李叔同在浙江一师（浙江两级师范学校）担任音乐和图画教师，他待人谦和从未责骂过学生。有一次上课，有一个学生在看其他书，还有一个学生往地上吐了一口痰。

弘一法师看到了他们的行为，但他没有说话。

第5章 处事留白，与人为善，人生自从容

下课后，他把两个学生留了下来，等到其他人都走了，教室里没有其他人了，他才温和又坚定地说："下次上课时不要看别的书，下次不要吐痰在地上了。"

说完后，弘一法师向他们微微鞠了一躬。两个学生顿时羞愧不已，面红耳赤，以后再也不敢犯了。

某次下课时，有个学生离开教室时关门重了一些，将教室的门摔得震天响。弘一法师走出教室，站在走廊里，非常谦和地将这个学生叫了回来，告诉他："下次再离开教室时，一定要轻轻关门。"随即，弘一法师亲自打开了教室的门，再轻轻地关上，为学生做示范。做完这些之后，他仍不忘对着学生鞠了一躬。学生见状十分惭愧，从这以后他开关门动作都很轻柔，再也没有摔过门。

弘一法师并没有严厉地斥责学生，但学生们最怕他鞠躬。这种"怕"不是惧怕，而是羞愧。因为弘一法师的和气待人，触动了他们的心灵。

弘一法师不仅温和宽容，还经常教导自己的学生对待他人也要宽容。不要斤斤计较弄得彼此都不愉快，也不要揪着别人的一些小错误而不依不饶。

宽容他人无伤大雅的过失，才能大事化小，小事化了。如果得理不饶人，只会加大冲突，让自己每天处于不必要的愤懑情绪中。

一代鬼才黄永玉少年时流落泉州，无所事事的他常常四处闲逛，有一天，不知不觉转到了开元寺。

他看寺里的玉兰花开得很美，左右一看无人看管，便纵身一跃噌

噌地爬上了树。

突然，树下有人问他："你摘花干什么呀？"

少年无礼地说："老子高兴，要摘就摘。"

老和尚也不生气，温和地说："你瞧，它在树上长得好好的……"

"老子摘下来也是长得好好的！"

"你已经来了两次了。"

"老子还要来第三次。"

老和尚让少年小心点，慢慢下来，邀请他到自己房里坐坐。

少年叼着花，爬了下来。

少年注意到老和尚禅房里的桌子上有两个信封，上面分别写着"丰子恺"和"夏丏尊"。

他问老和尚："你认得丰子恺和夏丏尊吗？"

老和尚说丰子恺是他的学生，夏丏尊是他的熟人。

少年哈哈大笑："哈！你个老家伙吹牛！说说看，丰子恺什么时候做过你的学生？"

老和尚说是很久以前了，在他还没有出家的时候。

老和尚和少年聊起天来，交谈中得知黄永玉喜欢绘画，便和他谈起了美术，从文艺复兴三杰聊到国画，老和尚在艺术方面的见识令人惊讶，少年意识到这个老和尚可能很厉害，只是看起来很普通的样子。

少年仔细看了老和尚写的书法，直接对老和尚说他的字不太有力量，他喜欢有力量的字。

临别时，少年让老和尚写一幅字送给他。老和尚说："我写的字没有力量，你喜欢有力量的字。"

少年依旧无礼地说："是的，老子喜欢有力量的字，不过现在看起来，你的字又有点好起来了。你给不给老子写吧？"

老和尚依然没有生气，微笑着答应了。

少年贪玩，过了好几天都没有去寺庙取字幅，等他再来的时候，得知老和尚已经圆寂。

他展开字幅，上面写的是："不为自己求安乐，但愿世人得离苦。"

他知道了老和尚就是弘一法师，手捧法师条幅，少年号啕大哭。

这是黄永玉和弘一法师的一面之缘。

即使面对一个莽撞无礼的小儿，弘一法师依旧和气待人，修一颗平和心。

"容"是豁达的胸怀，"让"是一种谦和的态度，弘一法师将豁达谦和做到了极致。

弘一法师曾说过：谦退是保身第一法，安详是处世第一法，涵容是待人第一法，恬淡是养心第一法。相由心生，境随心转。心态是一个人最好的福气，良好的心态往往能决定一个人一生的生命质量。一个人能以安然的心态，从容看云卷云舒，看花开花落，看世间万象，这便是一种平和安宁，也是人生最好的境界。

当你舍得放下时

吃得小亏，则不至于吃大亏

人生不能总占便宜，吃亏也是生活的一部分。

弘一法师说："我不知何为君子，但每件事肯吃亏的便是；我不知何为小人，但每件事好占便宜的便是。"

他举了一个例子说明这句话，古代有一个贤人临终时，子孙请遗训，贤人说："无他言，尔等只要学吃亏。"

有的人认为吃亏是一种损失，是一种懦弱的表现。其实不然，真正的吃亏不是让自己受到伤害，而是雅量容人，宽以待人。

弘一法师曾感慨：人生最不幸处，是偶一失言，而祸不及；偶一失谋，而事幸成；偶一恣行，而获小利。后乃视为故常，而恬不为意。则莫大之患，由此生矣。

"受得小气，则不至于受大气；吃得小亏，则不至于吃大亏。"

第 5 章　处事留白，与人为善，人生自从容

无独有偶，这是清朝学者张梦复先生对子孙的教诲，教导后人在和人交往时要学习谦虚忍让，不能意气用事，希望帮助后人免除灾祸隐患。能够忍受小的欺凌，就不至于招惹更大的灾祸；面对一切小的不公平待遇，或者与人利益分配有所冲突时，不与人争蝇头小利，才不至于遭受更多损失。

吃亏是一种谦让和付出，彰显着一个人的格局和大度。所谓有失必有得，一个人付出得多了，自然会赢得他人的尊敬和信任。不仅收获了人脉，也积累了福报。

吃亏也是一种成长，吃一堑长一智。只有吃了亏得了教训，才能让自己印象深刻，从而汲取经验，迅速成熟、成长。懂得吃小亏的人，往往都能享大福。

清初名臣张英的整个张氏一族，出了两代中堂、三世得谥、6 位翰林，146 个子孙为官，家族传承兴盛不绝。

关于一个家族长盛不衰的秘诀，在张英所著的《聪训斋语》中是从一封家书，一句诗，七个字开始的。

公元 1677 年，张英升任太子师，入职南书房，成为康熙皇帝的大红人，远在桐城老家的张氏家族立刻就成了当地第一号的显贵之家。

按理说，这样的家族，能够恪守本分不欺负不招惹别人，就已经十分难得了。

可万万没想到，有人偏偏不吃这一套，敢在太岁头上动土。

当你舍得放下时

隔壁邻居家要重建房屋，为了三尺之地竟然和张家打起了官司，闹上公堂。

张家恪守的家风并非飞扬跋扈，但是在土地问题上却坚守着中国人一贯以来的思维——"寸土不让"。

两家人僵持不下，每日争执不断，张家人无奈，只得向远在京城的张英求援。他们认为，朝中有人好办事，更何况张英侍奉御前，是一条"大粗腿"，自然要底气十足地与邻居对抗到底。

很快，张英的回信到了："千里修书只为墙，让他三尺又何妨？万里长城今犹在，不见当年秦始皇。"

他不仅不帮忙，反倒还劝告家人宽宏大度，主动相让。

张家人收到来信，按照张英的意见，第二天发出"退让三尺"的声明。

邻居被感动，也主动退让了三尺。那空出来的六尺地，后来成了一条小巷，供大家公用。朝廷得知之后，特地在巷口修建了一座牌坊，写上"礼让"二字，这便是千古流芳的"六尺巷"。

在张英看来，"福不可享尽，势不可使尽"，无论做人还是做事，都要留有余地，一个人身处的位置越高，越是要谨慎谦卑。

这也是他能够以一个汉人的出身，却成为康熙皇帝信任的重臣，并且余荫后代的原因。

"终身让路，不失尺寸。"这是张英终身的座右铭，他以身作则，并以此来教导子孙。

第 5 章　处事留白，与人为善，人生自从容

张廷玉是张英的次子，也是很早便进入朝廷中枢，担任要职。

但是即便官职再高，张廷玉始终不敢忘记父亲的教诲，一个家族想要根基牢靠，首先要学会"让利"，也就是说要减少对身外之物的欲望。不因名利而丧失自己的原则和底线，才能真正经受住时间的考验。

古代做官有一项最高级别的荣誉，就是"配享太庙"。太庙是历朝历代皇族的祭祀场所，能够被皇帝放在太庙祭祀，无异于皇亲国戚。这对于普通臣子来说，是难得的殊荣。

在清王朝建立的近三百年中，只有一个汉人大臣获得了"配享太庙"的资格，这个人就是张廷玉。张廷玉一生能够享尽荣宠，靠的就是一颗"不争"的心和一以贯之的谦谨的态度。

雍正十一年，张廷玉的长子张若霭参加科举，在殿试上，被雍正钦点为探花。

这是老臣张廷玉的孩子，爱屋及乌，雍正也很高兴，连忙传谕，告知其子高中的消息。

但是，雍正等来的不是一个喜笑颜开的父亲，而是一个忧心忡忡的老臣。

张廷玉脱了官帽，跪伏在地，诚恳地对雍正说："天下有那么多有才华的士子，官宦家庭的孩子怎么能够和寒门子弟去争呢？"

张若霭从小便接受张氏家风的熏陶，自然也明白父亲的良苦用心，便辞去了探花的功名，退居二甲进士。这就是青史留名的"张廷玉让探花"的故事。

正是由于张廷玉这种谦逊不争的性格，雍正对其非常信任倚重，任命张廷玉为首席军机大臣，至此，张廷玉达到汉人大臣所能提升的最高官职。

张氏子孙也深受康、雍、乾三位皇帝的青睐，史书称赞道："世系蝉联，门阀之清华，殆可空前绝后而已！"

谦让，是一种远见。它能够让一个人在面对眼前的诱惑和利益时不迷失、不犯错。

总是满心算计，心心念念想从别人手里讨点便宜的人，只看眼前，似乎沾了光。若长久计，往往会给自己带来更大的损失。

有一个人到苏州园林游玩，在一个亭子休息时，看到亭中悬挂着一口大钟，旁边坐着一位看钟老人。

这人问老人撞钟的价格，老人回答："一次两元钱，你就撞三次吧！"

这人付了六元钱，然后用尽力气用那根悬挂的圆木撞钟。

他每撞一次，在钟声悠扬间，看钟老人就跟着喊一声："一撞身体棒……二撞保平安……三撞财运旺……"

这个人十分高兴，趁着看钟老人正与其他游客闲聊，没有注意他，又多撞了一次。

他心中窃喜，觉得自己占了便宜。看钟老人听到钟声，急得大喊："撞钟怎么能撞四次呢？这个便宜是不能占的，你刚才那三次等于白撞了！"

第 5 章　处事留白，与人为善，人生自从容

他一脸不解地问："撞四次难道有什么说法吗？"

看钟老人大笑："四大皆空嘛！"

董必武曾说过："人要成功，做到两吃，能吃苦，能吃亏。"人不能总占别人便宜，吃亏也是人生的一部分。很多当时占的小便宜，都有可能成为日后的绊脚石。

贪小便宜吃大亏，这句话一点也没错。喜欢占人便宜的人，从短期看，确实得了利益，但从长期看，他将失去的，会比得到的更多。

东汉时有位名叫甄宇的官吏，时任太学博士，以为人忠厚、遇事谦让而被人赞誉。

有一年临近除夕，皇上赐群臣每人一只外藩进贡的活羊。具体分发时，负责分羊的人为难了：羊有大有小，肥瘦不均，难以分发。大臣们众说纷纭：有人主张抓阄，凭自己手气领羊；有人主张把羊通通杀掉分肉，肥瘦搭配，自然公平。

良久，一直沉默的甄宇说话了："分只羊要这么费劲吗？我看大伙儿随意牵一只羊走算了。"

说完，他牵起最瘦小的一只羊回家过年了。众大臣一看，心中羞赧，纷纷效仿甄宇，羊很快就分完了。

这件事传到了光武帝耳中，甄宇从此得了"瘦羊博士"称号，人人称颂，享誉朝野。

不久以后，因为温良恭俭，在众大臣的推举下，甄宇被提拔为太学博士院院长。

当你舍得放下时

　　甄宇牵走了小羊，从表面上看是吃了亏，但是他收获了口碑，得到了皇上的器重。实际上，相当于占了大便宜。

　　做人，切莫贪图眼前的一点小利，需要将目光放长远，真正的精明是不占便宜，踏踏实实做事，认认真真奋斗，不算计，不占取，把蝇营狗苟的时间和精力都用在真正有价值的事情上，终有一天会达到自己的目标。

第 5 章　处事留白，与人为善，人生自从容

无须把太多的人请进生命里

人生得三两知己就够了，不要到了最后，才发现朋友满天下，知心无一人。

弘一法师一直提倡简约、淡泊的生活方式，减少不必要的社交和联络。

生命，无须过多陪衬，需要的仅是一种陪伴。不必把太多人请进生命里。若他们给不了高质量的陪伴，就只会把你的生命搅扰得拥挤不堪。

人与人之间的情绪，真的是会传染的。

生活中，和开朗的朋友在一起，情绪也会被带动得昂扬。和乐观的人相处久了，也会凡事向好的方面想。

而负能量满满的人，看什么都不顺眼，一开口就是抱怨，受他们

影响，身边的人往往也会变得焦虑悲观。

人在旅途，一生会遇到很多人。对的人，会相互滋养，共同进步。错的人，相互消耗，带给彼此的只有损失。

无论是交友还是做事，都要远离那些不停消耗你的人，远离那些一味索取的人。要知道别人帮忙是情分，不帮是本分。人与人交往讲究投桃报李，愿意付出的人，即便不求回报，但接受帮助的人倘若觉得理直气壮，甚至得寸进尺，那再热切的心，也会渐渐变凉。

那些一味索取的人，无论是什么关系，该拒绝就拒绝，不要让你的善良变成别人的消费品。你的真诚和好意，要留给值得的人。

还要远离那些过于懒散的人。过于安逸的生活，会磨损掉一个人对生活的热情和奋斗的动力。交到一个不思进取的朋友，也会影响你对目标的追求。

俗话说，物以类聚，人以群分，一个智慧的人，很清楚自己想成为什么样的人，也很明确自己生活的方向。自然就明白自己应该做什么样的事、与什么样的人交往。

有两个年轻人在旅途中偶遇，年龄相仿，兴趣相投，他们很快成了朋友。

一个年轻人对另外一个说："我们已经是好朋友了，应该相互帮助，来维护我们的友谊。"

另一个也很激动，高兴地说："是的，一个人最珍贵的财富就是朋友间的友谊。"

第 5 章　处事留白，与人为善，人生自从容

他们约定在危险之中，一定要互相帮助，谁也不能放弃谁。说话间，突然，一只庞大的狗熊从远处向他们走来。

一个年轻人大惊失色，大喊一声"危险"，便身手敏捷地迅速爬到了身边的一棵树上。另外一个年轻人不会爬树，他急忙伸出手臂，想让自己的朋友拽自己一把，也能爬到树上去。趴在树上的年轻人吓得瑟瑟发抖，只顾自己的安危，根本不理会树下急得跳脚的朋友。

狗熊越来越逼近，树下的年轻人急中生智，突然想起以前听说过狗熊不吃死人，就躺在地上一动不动地装死。狗熊来到跟前，看到树下的"死人"，用鼻子在他脸上嗅了半天，慢腾腾地离开了。看到狗熊走远了，树上的年轻人才跳下来，非常好奇地问躺在地上死里逃生的朋友："刚才这只熊在你耳边说什么呢？"

地上的年轻人说："熊给了我一个忠告，不要和一个在大难临头时抛弃同伴的人一起旅行，这样的人不配做你的朋友。"

人这一生，会遇见很多人，但并不是每个人都值得深交。很多人社交，往往最初总会出于一片盲目的热切之心，恨不得刚刚相识就要生死与共。可是，并非所有的人，都值得你浪费精力。也许很多人总是认为，圈子越大越好，人脉关系越多越好。就算你认识的人再多，到最后会发现，真正能倾心相交的，寥寥无几。

作家梭罗说："把一切不属于生活的内容剔除干净利落，简化成最基本的形式。生活不需要过多的人事，让自己的圈子简单一点，不用太大，干净就好。"

当你舍得放下时

可是事实上，总是热衷于社交场上奔波的人，最终不仅无法让自己得到更好的生活，反而会因为过多的精力浪费在无意义的喧嚣上，而把自己的生活搞得拥挤不堪。

你要明白，任何有价值的人脉都不是通过单纯的社交而得来的，而是由于自己的优秀而吸引来的。与其在觥筹交错中花费时间，不如静静地在自己的空间里独自深耕，不断成长。如同李嘉诚所说："在你还没有足够强大的时候，先别花太多的时间去社交，参加各种聚会，应该多花时间读书，提高自己的专业技能。"在这个世界上，真正能够成就你，真正能够让你过上更好生活的，归根结底还是自身的硬实力。

当你学会取舍，远离嘈杂，在自己的深耕中成长时，终究会发现，原来美好的生活也只取决于你是否足够优秀，人生最好的风景，是内心的笃定和胸有成竹。

曾国藩曾说："一生成败，皆关乎朋友之贤否，不可不慎也。"

只有选择真诚、品正、靠谱的人做朋友，减少低质量社交，才能提高生活品质。评价一段关系的质量，最重要的一点就是，有没有把你变成一个更好的人，更积极乐观，更热爱生活，更爱自己。

不合适的关系，及早结束，及早受益。该舍弃的要舍弃，该放下的要放下，该远离的要远离，只有这样，才能为自己的人生减负。

当你懂得放过自己，离开不合适的人时，会发现生活还是可以云淡风轻，轻装上阵。和谁在一起很重要，你是谁，也同样重要。

第5章 处事留白，与人为善，人生自从容

一个人遇到的人和事，其实都是他身上的特质吸引过来的。所以，想要靠近能量更高的人，就要不断提升自己，吸引同频的优秀者同行。

佛经有云："缘来天注定，缘去人自夺，种如是因，收如是果，一切唯心造。"

而人和人之间，如果有着同频的一面，总容易被互相吸引，这便是缘分。

《法句经》有云："行恶得恶，如种苦种，恶自受罪，善自受福。"

梧桐树种下，金凤凰自来。你是谁，就会遇见谁。你所遇到的人，都取决于你是什么样的人。也就是说，如果我们想要改变自己的命运，首先要改变自己。只有提升自己的能量，才能吸引更多美好的人和事物来到我们身边。

要律己，不要律人

临事须替别人想，论人先将自己想。

弘一法师常说，戒律是为律己，不为律人，"律己，宜带秋气；处世，须带春风"。

他平时持戒甚严，口里却从不议论他人，不说人是非长短。若是别人犯了错误，他就自己不吃饭。但他不吃饭并不是与人怄气，而是在替那人忏悔，借事磨心。

了解他的人，知道他的脾气，每逢他不吃饭时，就知道自己一定是什么地方不得体，做错事或说错话了，赶紧自省改正。什么时候把错误改正了，弘一法师才肯吃饭。

1910年，尚未出家，还是李叔同的弘一法师从日本回国后在天津工业学校任教。1912年秋，李叔同受聘在杭州浙一师范任教，教绘画

第5章 处事留白，与人为善，人生自从容

和音乐，只要他来上课，很少有学生缺席。

有一次，李叔同拿着教案走在走廊里，一个学生飞快地跑过来，没收住脚步，一下撞到李叔同身上，差点把他撞倒，可他连声道歉都没说就跑了。下午，知道自己撞了老师的学生站在李叔同办公室门口，等李叔同下课后承认错误。李叔同还没等学生承认错误，就说："你还在这里干什么？赶紧去复习功课。"学生激动地点头走了，从此再也没有对老师不敬。

弘一法师曾说："宽着以心待同群，须如一片春阳，无人不暖。"

有一次，弘一法师应邀讲戒律，他讲的主题是"律己"，他说："学戒律的需要律己，不是律人；有些人学了戒律，便拿来律人，这就错了。记得我在年少时生长在北方的天津，那时的我生就一张利嘴，整天在指东画西，净说人家的不对；那时我还有个老表哥，一天他用手指指我说：'你先说说你自个儿！'意思就是律己啊！直到现在我还记得，真使我万分感激。大概喜欢'律人'的总是看着人家不对，看不见自己不对。北方有句土话是：'老鸹飞到猪身上，只看见人家黑，不见自己黑。其实它俩是一样黑。'"法师又说："'怎样才能平息诽谤呢？'答曰：'无辩。'人要是遭了诽谤千万不要辩，因为你越辩，谤反弄得越深。譬如一张白纸，忽然误染了一滴墨水，这时你不要动，它便不会再向四周溅污；假使你立即想要干净，一劲儿地去揩拭，那么结果这墨水一定会展拓面积，接连玷污一大片的！"

古人云："时时检点自己且不暇，岂有工夫检点他人。"

一个人内在的品质一如清水，不在于对别人如何，而是在于自己能否做到如何。严于律己，才能以大度容人，这是一个人对自己基本的要求。严格对待自己，是使自己不要轻易犯错误；而宽容对待别人，既是给别人机会，也是给自己空间。

　　唐代名臣狄仁杰非常看不起同朝为官的娄师德，而娄师德并不计较。

　　有一次武则天问狄仁杰说："娄师德贤能吗？"

　　狄仁杰回答说："作为将领只要能够守住边疆，贤能不贤能我不知道。"

　　武则天又问："娄师德能够知人善任吗？"

　　狄仁杰答道："我曾经与他共事，没有听到他能够了解人。"

　　武则天说："我非常惭愧，尽管我对娄师德并不是很恭敬，但是娄师德仍然能以宽厚、公平的心来对待我。娄公德行高尚，我已经享受他德行的好处很久了。"

　　娄师德不仅不计较狄仁杰的态度，反而向皇帝举荐狄仁杰，正所谓任人唯贤，这种品质非常难得。包容别人，也会给自己创造更大的心灵空间。而这一点，正是"人之过误宜恕"的一种解读。

　　弘一法师曾对自己的学生丰子恺作了一番开示。

　　"在佛法上，有下列数事，要居士谨记！"弘一法师深沉而严肃地说，"第一，做一个佛弟子，不能在形式上接受了皈依仪式，便算完了。当你作为佛教的弘扬人以后，你的人格必先经过自我洗涤一番；

第 5 章 处事留白，与人为善，人生自从容

过去的，譬如昨日死；以后，犹如今日生——直心是道，婴行居士请在任何情况下深深牢记，不要为习惯所欺，做欺心、欺人、蒙蔽良心的事；人做端正了，才是学佛的开始。

"第二，因为学佛，便是根本的'净心'行为；净心的方法，便是'持戒'，如若不持戒而学佛，去佛便路遥了。因此，盼望居士先从少分戒行开始律己，如居士者，不妨先从'邪淫戒、偷盗戒、杀生戒'持起，然后再扩及'妄语戒、饮酒戒'。在世间唯一难行的，不是杀生戒，也不是邪淫戒，而是妄语戒。有许多无辜的灾祸，不幸的纠纷，悲惨的遭遇，都从'妄语'而来。说到'妄'，惟一能控制它的工夫，便是一颗诚心，对人对事的恭敬，不掉以轻心！

"第三，要试图放宽心量，包容世间的丑恶。人家赞美我，我心生欢喜，但不为欢喜激动；也许这欢乐之后，便是悲伤。人家辱骂我，我不加辩白，让时间去考验对方。

"世间的形形色色，我们所爱的，所憎的，所苦的，所怕的，所愤的，所悲伤的，乃至令人难以忍受的烦躁、感受、接触，我们要学着试图包容：它们来了，我们淡然处之；它们从我们身边滑过，我们也不可幸灾乐祸。人生，便是一场既悲且喜的过程，但中间没有一件事足以任人们轻视；世间每一个动机，每一种事物形态，不管强者、弱者、女人、小孩，他们的心灵感受，都会发生不可想象的力量，原因是他们既是生物，自然有情感，有情感便有动力，有动力，便可毁灭事物，也可成就事物。复次，他们也有圣贤的情操，企图被尊重，

被崇爱，被同情；但唯有一点，不愿被欺骗，不愿被蒙蔽；因此，他们那颗形式上是骄傲的心，在实质上，便是赤子之心。你欺骗一个小孩，如被他发现了，他小脑筋里，将永远拂不掉你丑恶的影子，即使你再神圣，再被人讴歌颂扬，也不能获得孩子的爱。当孩子的时代，没有名利观念。不晓得什么是利害，他只知道'爱'。你对他一百件好，有一件欠诚心，欠情感，他一旦发觉，一切便完了！在佛法修持上，是善不抵恶的；在世间的名器上，是功不抵罪的……

"婴行啊！我们要学着包容一切，这样方能养成不分亲疏厚薄的悲心，才能平静地看世界。只有如此，人间才有无限的美丽展开；佛陀不在内，不在外，而在你的灵性中间；你的灵性有美可圈可点，世界自然有美皆备，无美不收。"

丰子恺听完弘一法师的开示，热泪盈眶。

宽容是一种能力，不只是慈悲，也是修养。

宽以待人，方能平和优雅，化解内心戾气，让自己拥有更好的生活，成为更好的人。

大智者必谦和，大善者必宽容。真正睿智的人，必定有宽容的胸怀。宽容别人，其实就是善待自己。给别人机会，也是给自己一个机会。莎士比亚在《威尼斯商人》中写道：宽容就像天上的细雨滋润着大地，它赐福于宽容的人，也赐福于被宽容的人。

宽容，是一种散发着人性光辉的情感，一种高尚的境界。

宋朝林逋的《省心录》里有言："以责人之心责己，则寡过；以

第 5 章　处事留白，与人为善，人生自从容

恕己之心恕人，则全交。"也就是说，以责备别人的心态责备自己，以宽恕自己的心态来宽恕别人。在他人略偶过错时，不去苛求，是大智慧、高境界的体现。

严于律己，宽以待人，自然也能得到生活的宽待。

春秋时，秦穆公就曾因为能容人之过，得到了很大的福报。

秦穆公的一匹骏马跑到野外，被岐下的乡下人抓住，偷着宰杀，三百多人分吃了。秦国的官吏抓住这些人，上报秦穆公，等着他进行处置。

收到禀报的秦穆公说："不能为了一头牲畜的损失，就去用刑罚损伤三百多人的身体。听说吃了良马的肉而不佐酒，对身体无益。赐他们酒喝，然后都放了吧。"

后来，秦晋两国在韩原发生了战争。上次被赦免释放的三百多乡民听到消息，全都自愿奔赴战场参战。

秦穆公的战车陷入重围，生命危在旦夕，正是这群乡民为了报答他的恩情，硬生生杀出一条血路，将他从晋国军队的包围中救了出来。

如果当初秦穆公没有容人之过的雅量，韩原之战中，也就命丧战场了。人非圣贤，孰能无过。得饶人处且饶人。今日容人之过，能为人留余地，明日，或许他人对你建立起信任和感恩，将会在困窘之时成为得到帮助的机会。

《孟子》有云：与人为善，于己为善；与人有路，于己有退。

当你舍得放下时

一个人层次越高，越能宽容别人，越能够做到得理饶人，凡事留一线。层次越低的人，心胸越狭窄，越喜欢不依不饶。一个人如果不懂得设身处地为别人考虑，不会宽容别人，总是得理不饶人，凡事都习惯强势，咄咄逼人，把人逼到死角，往往会给自己埋下隐患，自己的路越走越狭窄。给别人一个台阶，为对方留点面子和退路，其实也等于给了自己一个台阶，给自己日后留下了后路。

曾国藩曾说过："今日我以盛气凌人，预想他日人亦以盛气凌我。""理直气和"比"理直气壮"更能够说服和改变他人。

古语常说，处世让一步为高，待人宽一步是福。宽容待人者，福泽自然深厚。

以宽容之心对待生活中遇到的人与事，许多烦恼自然能够消除，拥有至宽至广、包容他人的心灵，方能得到海阔天空的人生。

第 5 章　处事留白，与人为善，人生自从容

选择给予，学会分享

赠人玫瑰，手有余香。

弘一法师曾说：人生中最"极致"的活法，无非就这两个字，一个是"度"，另一个是"给"，参悟者皆可洒脱。大福报的人，都懂得给。这个"给"不仅仅是物质层面的，更是一种精神上的流动。

人生在世，不要总想着"别人能给我什么"，而应多想想"我能给别人什么"。只有懂得给予、懂得分享、懂得感恩的人生，才是真正有收获、有意义、有价值的人生。

老方丈在山上的寺院里住了几十年，附近的乡邻都很尊敬他。有一年，老方丈出门，回来带了几株菊花，让弟子们把菊花种在院子里。

菊花越长越多，三年后，院子里开满了菊花，香味随风飘到了很远的地方。来寺院烧香的村民们欣赏着清丽的菊花，都禁不住纷纷赞叹：

当你舍得放下时

"好美的花儿啊！"

有一天，山下的村子里有个村民觉得这菊花太香太美了，就想要在自己家的院子里也种上几棵。于是他开口向老方丈要几棵菊花拿回家种，老方丈痛快地应允了，并亲手挑了几株开得最艳、枝秆最壮的花，连根须一起挖出送给那个村民。

村民把花拿回家，消息传开，几乎全村的村民都跑来要花，老方丈答应了每个人的要求。他给每个人挑选花株，还连根挖出来送给人家。没过几天，寺院的院子里一株菊花都没有了，都被老方丈挖出来送人了。

弟子们不高兴，忍不住对师父说："本来我们这里是美不胜收，满院花香的，现在都送给别人了，光秃秃一片，我们什么都没有了。您也太大方了呀！"

老方丈笑着告诉弟子们："这样不很好吗？你们想想看，这些菊花长在我们寺庙院子里，香味只在我们的院子里，大家想要赏花也只能来山上。把花送给大家，三年以后，家家都是花园，满村都是花香了啊！"

弟子们听完师父的话，明白了师父的用意。

在生活中，很多人都在进行无意识的索取，总希望能从别人手里拿点什么，总希望别人能为自己做点什么，甚至认为别人为自己付出都是理所应当的。但是给予者的观念却恰恰相反，他们并不认为给予是负担或者吃亏，而是把为别人着想当成一种习惯，认为付出是一件很自然的事情。他们相信给予就是拥有，他们因给予而快乐。

第5章　处事留白，与人为善，人生自从容

有两个人死后上了天堂，上帝对他们说："我现在就让你们转世，你们可以选择做两种人：一种是整天给予，另一种是每天索取。你们选择做哪种人呢？"

一个人抢着回答："给予太累，我当然要做索取的人。"

上帝笑了一下，转过头来问另一个人："你要做哪种人呢？"

另一个人答道："我一生犯了很多错误，如果能够重新做人，我想做那个给予的人。"

于是，上帝安排那个索取的人成为乞丐，因为只有乞丐才会整天"索取"，而让另一个人成为富翁，因为只有自己拥有，才能给予他人。

在生活中，并不仅仅是给钱给物等行为才叫给予。与人交往时，一个善意的微笑，一句亲切的话，一声喝彩、称赞，都是给予。这种给予有时甚至比送人金钱和物品更有意义。你会发现，给予别人的越多，你收获的也越多。

有时候在为别人付出的同时，也会得到自我的收获。

禅师看见盲人夜晚行路打着灯笼，不解，询问理由。盲人说："天黑以后，伸手不见五指，别人都跟我一样什么都看不见，所以我才点上灯为他们照亮道路。"禅师说："原来你是为了众人点灯照路，很有善心。"盲人说："其实我也是在为自己点灯，因为点了灯，在黑暗中别人才能看见我，不会撞到我。"

在人生的路上，经常给予的人会发现，对别人施与援手，帮助别人搬开脚下的"绊脚石"，常常也是在给自己的路扫清障碍。

当你舍得放下时

弘一法师曾告诉弟子，福气不是孤立存在的，它是可以相生的，可以传递的。当你给予别人福气时，自己也会因此而获得福报。

给予不是一种牺牲，而是一种获得。

当你能够给予别人幸福快乐的时候，这些美好的情感就会反馈到你的生命中，让你的生命变得更加富有层次，更加丰盛而有意义。

从前，有个小和尚一心想要成佛。他每天都勤奋修炼，学着佛的样子不吃不喝就地打坐念经，饿得身体非常虚弱。

老和尚见了，劝告道："你这样整日不吃不喝，还没等到成佛那天，就先饿死了。"

小和尚十分反感，皱着眉头说："怪不得你一把年纪了，还只是我的师兄，就是因为你不好好修行，心里杂念太多，整日被这些吃喝拉撒睡世俗的假象所拖累，所以才不能成佛。"说完闭上眼睛继续打坐念经。

老和尚被嘲讽了一顿，叹口气摇摇头，也不争论，继续扫地、清洁、打理着佛堂。

没过多久，小和尚就饿死了，死后的他并没有如愿进入西方极乐世界成佛，竟然下了地府。他又惊又怒地在地府里吵闹道："你们一定是搞错了，像我这样一心向佛，整日修行，不顾自己肉体凡胎的人，应该成佛才是，怎么会被送到这等污浊的地方？"

阎王嘿嘿冷笑道："成佛？别做梦了，像你这种自私自利的人，只配来我这里。"

第 5 章 处事留白，与人为善，人生自从容

小和尚争辩道："我才不自私自利，我只是一心想成为佛，这又有什么错？"

阎王勃然大怒："都说世人愚昧，我看一点不假，你生前既没有济世救人之德行，又没为寺庙做过一点贡献，只是一门心思地为自己着想，来达到你的目的，这不是自私是什么？"

虽然这只是一个故事，但生活中这种人也为数不少，做事只看眼前，对于他们来说最好能看到"得大于舍"再去做，执着于"得"，常常忘记了"舍"。

有这样一句广为流传的话："当你握紧双手，里面什么也没有；而当你打开双手，世界就在你手中。"人的一生，如果目光短浅，内心冷漠，只顾自己所求，不愿付出，往往更难得偿所愿。因为太顾自己，忽略了他人，长此以往，自己拥有的也会越来越少。

弘一法师说："福报无边，皆起于心。"

在弘一法师的教诲中，"给予"不仅是一种行为，更是一种人生哲学，是一种生命的奥秘。我们每个人都有无尽的潜力，当我们学会无私地给予时，福报的大门就会向我们敞开。

无私地学会"给予"，让爱与温情在我们每个人的心里闪耀，让世界因我们的给予而变得更加美好。

世載德不隕及其名

己亥夏五月戊申初霽翛翛旭日淋窗乃臨楊見山太守字

數行愧不得古意也聊應

耀亭老哥仁大人書畫家正印 弟李鴻藻謹箙

第6章

充实的人生，正在放下浮躁

当你舍得放下时

松弛有度的弦，永远比紧绷的弦更有韧性

君子闲时要有吃紧的心思，忙时要有悠闲的趣味。

李叔同在浙江第一师范任教的时候，他住的房间外面装有信插，他外出的时候，寄给他的信件就由工友投放在信插里。

李叔同每天的作息时间很规律，早起晚睡，几乎不改变。一天晚上，他已经睡下，学校的收发员突然敲他房门，来送电报。他并没有起身，只是在屋里回话，让收发员将电报放在信插里。直到第二天早上，他起床之后才打开信插取看电报。

一般人都不会理解他的这份"磨蹭"，认为发电报一定有紧急事情，怎么能耐着性子搁置一晚上才看呢？但是李叔同认为，今天既已过，紧急之事，总归要次日才可办，焦焦躁躁，倒不如淡然处之。

《菜根谭》中有云："岁月本长，而忙者自促；天地本宽，而卑者自隘；

第 6 章 充实的人生，正在放下浮躁

风花雪月本闲，而劳攘者自冗。"

《菜根谭》中说："君子闲时要有吃紧的心思，忙时要有悠闲的趣味。"

人生路上，我们常常因为着急赶路，而忽略沿途的景致，甚至忘却生活的本真。

适时放慢脚步，有张有弛，能让你更好地积蓄力量，踏踏实实地往前走。

弘一法师的学生丰子恺先生，就是一个懂得忙里偷闲的人。他去杭州、石门，只要两三个小时的车程，他却选择花上两三天的时间坐船。因为坐船会经过福岩寺、崇福等地，他白天在船上看沿途的风景，夜晚上岸闲逛，兴致好了，就停下来玩上一整天。

别人把旅程看作"赶路"，匆忙间抵达，却忘了欣赏路上的风景。丰子恺则不然，他没有匆忙赶路，而是用心欣赏沿途的风景，领略到不一样的意趣。

人生不是非得快马加鞭才过得好，而是要劳逸结合，忙闲有序。紧绷的弦，永远比松弛有度的弦断得更快。

比起弘一法师的时代，我们现代人的生活节奏更快，一个人最好的生活状态，就是劳逸结合，忙时全心投入，忙而有序；闲时松弛有度，心无挂碍。人生漫漫路，漫漫即可慢慢。神经的弦绷得太紧，整个人的状态就会非常紧绷，适当松弛才能找到适合自己的节奏。

相传古代有一位智者，天文地理无所不通，人们有什么想不通的

当你舍得放下时

事情都喜欢找他解惑，听一听他的建议。有一天，一个猎人来拜访他，发现他正在悠闲地逗弄鸟笼里的一只小鸟。猎人很诧异，他觉得像智者这样智慧的人时间很宝贵，应该把玩鸟的时间省下来，做更重要更有意义的事。

猎人问："先生，您为什么要把宝贵的时间浪费在一只小鸟身上呢？实在是无用。"

"为什么不能呢？作为猎人，你应该明白这个道理呀。"见猎人一脸迷茫，智者便问他，"你平时为什么不把弓上的弦绷紧呢？"

猎人觉得这个问题太简单了，他答道："如果弓弦一直保持绷紧，就会失去张力，到了打猎的时候箭也就射不远了。"

智者笑道："正如你所言，和你平时让弓弦处于松弛状态一样，我也不能将自己的弦绷得太紧了。一个人如果学不会放松，不会休息和放松，就无法积蓄足够的力量做任何伟大的事业，甚至日常的工作也可能做不好。"

做人，也是这样，把弦拉得太紧，整个人生的过程就会很累。旷日持久，这根弦便会因为受力太久而崩坏。

松弛，是一种能与自我和谐相处，整个人通透自洽的气质。也有人说，所谓松弛，既不是毫不费力，也不是故作轻松，其中的关键是不给自己套上太多枷锁，不过分逼迫自己，有一种随遇而安的坦然，拥有慢慢来，一步步走的勇气。

欲速则不达，生活中，我们不必太过着急，也无须太过用力。要知道，

第6章 充实的人生，正在放下浮躁

好的人生都是有弹性的。

唯有做到张弛有度，劳逸结合，方能行得更稳，走得更远。

在快节奏的生活中，学会松弛，能让我们更加关注自我的内在感受，更关注生活的本质，能在寻常生活中体会到日常的"小确幸"带给自己的幸福感。如此一来，我们就能学会有节制地去面对欲望，更合理地安排自己工作和生活的时间，更加认可自己，重视自己，活得"不拧巴"，更容易让身心得到放松，获得内心深处的安宁和释放。

为了身心健康和生活质量，我们必须学会在适当的时候按下"暂停键"，暂时"放下"一小会儿，让自己的身体和情绪都休息一下。张弛有度才是每天都保持好状态的方法。把手头的事情按照轻重缓急分一下类，排一下序，优先办重要的事情。只要秩序厘清了，按部就班地执行，就不会出现琐事大爆发的恐怖场面，也就不会因为忙乱而抓狂了。

"流水不争先，争的是滔滔不绝"，烟火再明亮绚烂也只是一瞬间，漫天的点点繁星虽不炫目，却一直恒久地闪耀。

人生就像放风筝，松弛有度。该发力的时候发力，该松的时候松，风筝才能飞得越来越高。这种放风筝的智慧，在生活、感情、工作上皆适用。

很多人始终无法松弛下来，大多是因为内心深处的恐惧和焦虑，对未来毫无把握，只能用忙碌紧张为自己争取一点确定感。

这样的人，常常会感觉到心力交瘁的"累"，而这种"累"，并

当你舍得放下时

不仅仅指身体上的疲惫，更多的是心累。这样的累，最容易拖垮一个人，甚至会让人丧失生活的乐趣和热情，觉得生活"没意思"。

很多人觉得自己活得不好的根源就在于，无法看到自己真正的需求，没有目标，不了解自己，不知道自己为了什么而努力。人活着，苦和累都不可怕，最可怕的就是，看不清，放不下，心不甘，情不愿。

很多人之所以活得累，神经太紧绷，就是对生活索要太多，工作要做到完美、生活要比别人都强……这种紧绷的背后，其实是对自己的不接纳，导致生活太过用力。

有一个心理学实验，让大家给绣花针穿针引线，并设置大奖，激励他们完成任务。实验结果表明，越是想要得到奖品的人，越会全神贯注地穿针引线。可是过于紧张让他们的手止不住地颤抖，怎么也无法把线穿进细细的针眼。

这种现象被心理学家解释为"穿针效应"。作家渡边淳一曾说："人也罢，花草和其他生物也罢，凡是过度想表现自己，凡是用力过猛的，就会使人扫兴，减弱了它本来所具有的魅力。"一件事，你越是想要用力做好，结果越是出差错。太用力，往往难以得到想要的结果。

只有彻底接纳自己、关爱自己，允许一切慢慢来，我们的心，才能真正地放松。**松弛不是一种心情，而是一种能力。**成为幸福的人，比成为一个成功的人容易得多。遗憾的是，很多人却把顺序搞反了。

是时候该给自己紧绷的弦松解一下了。埋头赶路许久不曾抬头的我们，偶尔也可以选择停住脚步，去感受一下沿途的美好。当我们目

第 6 章 充实的人生，正在放下浮躁

光流转，能够更多观照自己内心的时候，三餐、四季、明月、清风，都是收获和享受。

人生，误在失度，坏在过度，好在适度！松弛有度，才可收放自如。**做事不要光想着"术"上的提升，而是更应该想着"道"上的提升。**一张一弛，张弛有度才符合事物发展的客观规律。只有按照正确的规律做事，好的结果才能水到渠成。

只要不与自己为难，人生每刻都可是良辰。作家毛姆曾说："一个人能观察落叶、羞花，从细微处观赏一切，生活就不能把他怎么样。"松弛感并不需要我们刻意去营造，我们可以先接纳自己，重视自己，不断提升自己，不着急，张弛有度慢慢走，总会到达终点。

人生不过一站站的风景，最坏的结果，不过是大器晚成。认真生活，才是你我都需要做的。相信你一定能探索到自己的内心所求，让自己在"紧绷"的时代里，松弛、坚定地走向未来。就像网络上那句被很多人喜欢的话：余生，愿你不疾不徐，在波澜不惊中成就更好的自己。

当你舍得放下时

时时反省自己，是一种主动的成长

自省吾身，常思己过，善修其身。

皈依佛门的弘一法师，多年潜心修行，弘扬佛法，尽管已经名扬四海，却依然十分谦卑，曾被一个15岁的少年，写了一封千字长信斥责，不但没有恼怒，反而羞愧难当。

少年名叫李芳远，13岁时曾和父亲去拜访弘一法师。弘一法师很喜欢这个聪慧的少年，与他一直保持书信往来。

两年后，弘一法师在大泉州讲学，为了广结法缘，他一改之前深居简出的习惯，多次去赴斋宴占用了他不少时间，媒体将他的这些行程活动都记录下来，刊登在报纸上，民众都非常欣喜。

而15岁的李芳远在报纸上看到消息后，却非常生气。他立刻写下一封书信寄给弘一法师，斥责其不好好修行，天天参加宴会，成了一

第 6 章　充实的人生，正在放下浮躁

个"应酬的和尚"。

弘一法师收到信后，反思自己这几个月的表现，觉得这位小友说得很有道理，"应酬的和尚"形容贴切。弘一法师立刻回信说自己马上闭门修行，抛开一切杂念。

随后，他在泉州承天寺的讲学会上提到了此事，对自己这些天的行为表示忏悔。讲学结束后，弘一法师来到普济寺精舍静修，还给房间取名"十利律院"，在这里闭关了 572 天。

得知此事的人，都不禁感叹道，年过半百的一代高僧，居然能够谦逊地听从 15 岁少年的规劝，积极自省，令人钦佩。

关于这件事，弘一法师自己也在文章中写道：

"可是到了今年，比去年更不像样子了；自从正月二十到泉州，这两个月之中，弄得不知所云。不只我自己看不过去，就是我的朋友也说我以前如闲云野鹤，独往独来，随意栖止，何以近来竟大改常度，到处演讲，常常见客，时时宴会，简直变成一个'应酬的和尚'了，这是我的朋友所讲的。啊！'应酬的和尚'这五个字，我想我自己近来倒很有几分相像。

"如是在泉州住了两个月以后，又到惠安到厦门到漳州，都是继续前稿；除了利养，还是名闻，除了名闻，还是利养。日常生活，总不在名闻利养之外，虽在瑞竹岩住了两个月，稍少闲静，但是不久，又到祈保亭冒充善知识，受了许多的善男信女的礼拜供养，可以说是惭愧已极了。

"9月又到安海，住了一个月，十分的热闹。近来再到泉州，虽然时常起一种恐惧厌离的心，但是仍不免向这一条名闻利养的路上前进。可是近来也有件可庆幸的事，因为我近来得到永春15岁小孩子的一封信。他劝我以后不可常常宴会，要养静用功；信中又说起他近来的生活，如吟诗、赏月、看花、静坐等，洋洋千言的一封信。啊！他是一个15岁的小孩子，竟有如此高尚的思想，正当的见解；我看到他这一封信，真是惭愧万分了。我自从得到他的信以后，就以十分坚决的心，谢绝宴会，虽然得罪了别人，也不管他，这个也可算是近来一件可庆幸的事了。

"虽然是如此，但我的过失也太多了，可以说是从头至足，没有一处无过失，岂只谢绝宴会，就算了结了吗？尤其是今年几个月之中，极力冒充善知识，实在是太为佛门丢脸。别人或者能够原谅我，但我对我自己，绝不能够原谅，断不能如此马马虎虎地过去。所以我近来对人讲话的时候，绝不顾惜情面，决定赶快料理没有了结的事情，将'法师''老法师''律师'等名目，一概取消，将学人侍者等一概辞谢；孑然一身，遂我初服，这个或者亦是我一生的大结束了。"

弘一法师通过自我反省，主动闭关修行，维持了内心的安宁。

第6章 充实的人生，正在放下浮躁

反省自我，是一生的修行。

懂得反省自我的人，都有一颗谦卑的心。他们既能接纳别人的意见，又能察觉自己的过失，在人生的道路上不断进步。

弘一法师勉励世人都能保持时刻自省，一个人如果不反思总结，就难以从自己过去的经验中获得成长。所以，反思的真正目的在于，让我们能从过去的经验中汲取精华，从而更好地应对当下与未来，这是一种成长型思维。不论发生什么事情，我们都可以从中学习和成长。

人生中我们会碰到许许多多挑战和问题，养成反思复盘的思维习惯，对于现代人来说尤为重要，因为很多时候就像瑞·达利欧所说的：生活中的大多数东西都不过是"同类情况的重演"。

日本企业家稻盛和夫说，所谓人生，就是磨炼灵魂、磨炼心灵的"道场"。

为了磨炼灵魂，我们就必须通过每天的自省，来落地复盘这一行为，耕耘并整理自己的精神世界，我们的心灵就会变得更加有力量。

20世纪初期的英国哲学家詹姆斯·埃伦的《原因与结果法则》一书中，形象地描述了自省与人生的关系：

人的心灵像庭院。这庭院，既可理智地耕耘，也可放任它荒芜，无论是耕耘还是荒芜，庭院不会空白。如果自己的庭院里没有播种美丽的花草，那么无数杂草的种子必将飞落。

茂盛的杂草将占满你的庭院。出色的园艺师会翻耕庭院，除去杂草，播种美丽的花草，不断培育。同样，如果我们想要一个美好的人生，我们就要翻耕自己心灵的庭院，将不纯的思想一扫而光，然后栽上清澈的、正确的思想，并将它培育下去。我们选择正确的思想，并让它在头脑里扎根，我们就能升华为高尚的人。我们选择错误的思想，并让它在头脑里扎根，我们就会堕落为禽兽。播种在心灵中的一切思想的种子，只会生长出同类的东西，或迟或早，它们必将开出行为之花，结出环境之果。好思想结善果，坏思想结恶果。心怀善意就会结出善果，心怀恶意就会结出恶果。

他用整理庭院来比喻自我反省。通过反省，我们可以提升心性，磨炼心志，遇见更高层次的自己。

我们在复盘时，该反省的要反省，但是不要有太多情绪上的负担，对过去的事进行深刻的反省，不等于在感性的层面上伤害自己。担心、烦恼、忧虑等，都是情绪的反应。但是，覆水难收，不要让已经成为过去的事情再困扰自己，把新的想法落实到新的行动上去，这一点很重要。

要运用理性来思考问题，迅速地将精力集中到新的思考和新的行动中去。

我认为，这样做就能开创人生的新局面。已经发生了的事既然无法改变，就干脆把它忘掉，将全部精力投入新的工作中去，这是最要紧的。

不管犯了什么样的错误，在经过认真反省以后，都要鼓足勇气，

第6章 充实的人生，正在放下浮躁

在跌倒的地方爬起来，不要心灰意冷，总是痛苦个没完。

这样就能够让负面情绪转化为朝着新未来前行的动力。人生在世，谁都会失败和犯错，人正是通过不断的失败和错误获得成长，所以大可不必因此悔恨和懊恼。

所以，能否经常进行反省，是人向上成长的关键。一个懂得反省的人，就拥有了自我更新的能力。

《说苑·君道》中，记载了这样一个故事：

一个名叫师经的乐师给魏文侯演奏古琴，魏文侯心情舒畅，随着琴声跳舞，并依着旋律唱道："我的话不能有人违抗。"

师经听了后，故意拿琴去撞魏文侯，一下子撞到了魏文侯帽子上的冕旒，魏文侯大怒，就问左右的人："臣子冲撞君王该如何惩治？"

左右的人回话说，罪当烹煮致死，魏文侯就命令手下将师经拉下去行刑。

师经恳请魏文侯让他再说最后一句话，魏文侯同意了。

师经说："过去尧舜当君主的时候，唯恐自己说的话，别人不反对；桀纣当君主的时候，唯恐自己的话，别人违抗，所以我撞的是桀纣，不是我的君王。"

魏文侯听后如醍醐灌顶，立刻放了师经，将琴悬挂在城门上，吩咐帽子不要缝补，用以作为自省的警示。

后来，在魏文侯的统治下，魏国成了战国之初最强大的国家。

古人云："见贤思齐焉，见不贤而内自省也。"以他人的行

133

为，衡量反省自己是否也有做得不对的地方，是自省的最高境界。你发现自身存在的问题越多，对自己的认识才更清晰，从而能更好地改进自己。

深刻反省，着眼未来，付诸行动，这才是最为重要的人生态度。善于反省自身的行为，是一个人强大的开始。真正优秀的人，不是比别人优秀，而是比前一天的自己更优秀。

看不破先看淡，放不下先放松

山水不语，静默成诗，世间万物，皆可看淡。

有一个年逾八十的老和尚，每天暮鼓晨钟、诵经传道。有一天，一个失意的年轻人来到寺庙烧香。年轻人表情悲凄，烧完香，请求老和尚为他算一卦。

老和尚问年轻人："你为什么要算卦？"

年轻人说："我想知道未来会怎样。"

老和尚微微笑着，端详着年轻人的脸。他对年轻人说："你心绪有点乱，需要宁静！"

年轻人疑惑地看着老和尚。老和尚继续解释说："你不要过于在乎结果。你很年轻，年轻是你的资本，好好把握吧！"

年轻人像是没听懂，不仅没走，反而更加委屈地倾诉起来。老和尚只是静静听着，年轻人临走时，老和尚送给年轻人三句话："得到你该得到的，忍着你该忍着的，拥有你该拥有的。"

年轻人回去后，闷头"修行"。好多年后，他成了一个事业小有成就的人。

人生失意是在所难免的，生活就是喜忧参半，都要经历数次的获得与失去、欢乐与痛苦、成功与失败的轮回。静下心来细数自己所拥有的东西，每一个人都会发现自己其实拥有很多值得珍视的东西。

小提琴家欧尔·布里在一次演唱会上，突然断了一根琴弦。迟疑两秒之后，他继续演奏。终场谢幕时，布里举起小提琴，那根断掉的琴弦在半空中很醒目地飘荡着。记者问他"何以能够保持如此镇定"，欧尔·布里说，只不过是断了一根琴弦，我还可以用剩下的琴弦继续演奏。

日本有一位95岁的心理医生中村恒子，从事心理医生这个职业已经70年了，她写了一本书叫《人间值得》。中村恒子深知人们烦恼的根源在于想得太多。在她的职业生涯中，不管是不快乐的年轻人，还是疲惫的中年人，都喜欢找她袒露心声，她温暖、慈祥，又有力量的话，总能让人充满希望，燃起重新面对生活的勇气。

其实，中村恒子自己的一生过得很艰难，饱经磨难。27岁那年，恒子结婚了，婚后才发现丈夫特别喜欢酗酒。丈夫每月的工资全部用来请客吃饭喝酒，完全不负担家用。

刚开始，中村恒子非常苦恼，想尽一切改变这个情况，但几乎都

第6章 充实的人生，正在放下浮躁

是徒劳。突然有一天，恒子想通了：这个人，看来我是没法改变了。那我就努力让自己开心起来。从那天开始，她不再指望丈夫养家，尽可能地让自己平静快乐地度过每一天，让家庭保持和睦，还把两个孩子抚养长大。

在她看来，只要活着，总会有办法。她说："只要活着，人生总会有办法。能吃饱，能睡好，有一份工作维持生活，不管遇到多大的困难，一定会解决的。就算不太顺心，也不必太在意。问题如果有办法解决，则不必担心；问题如果没办法解决，则担心也没用。"

中村恒子的生活观念，温暖了很多人。

中村恒子很瘦小，可她有勇气独自面对和化解生活中的难题，她的一生经历了乱世中的战火逃亡、经济大萧条和独自抚育孩子。但面对这一切，她总能以"四两拨千斤"之力巧妙化解。再大的烦恼在她看来，都不过是过眼云烟。

无论过什么样的生活，只要没有抗拒、没有纠结，在自己的生活中享受着一份安然和平静，并且尚有心力去感受着四季轮回、花开花谢，就是一份很不错的日子了。而现代人有太多的压力和竞争，有太多的欲望和挣扎，也习惯了把简单的事情复杂化，难得放松，也因此错失了优雅。

所以，首先要学会放松下来,把生活中无用的繁文缛节尽量剔除掉，简单地生活。一般来说,生活中的目标越单纯,杂念越少,生活就越幸福。

所谓放松，不需要花多少钱，用多少时间，去过多么小资的生活。

戒掉不良的嗜好，建立良好的生活习惯，让自己更健康清新，拥有神清气爽的宜人状态；培养一个业余爱好，闲暇的时候看一场电影，读读书，把房间整理得整洁舒适……这些，很容易做到吧？

　　只要有一颗细腻、善感和热爱生活的心，就会常常与幸福相逢。我们来到这个世上，就要品尝一粥一饭的滋味，嗅闻一花一叶的清香，享受梦乡的甜美，感受清凉的晨风，听爱人的喃喃情话，看孩子天真的笑颜……生命不是用来烦恼的，也不是用来忧虑的，它是用来愉快地生活的。

　　所以马克·吐温说："跳舞，像没人看着那样；热恋，像从未受伤一样；唱歌，像无人听着那样；活着，就把人间当天堂。"

第6章 充实的人生，正在放下浮躁

放下名利，富贵终如草上霜

利关不破，得失惊之；名关不破，毁誉动之。权力关不破，得失惊之；金钱关不破，贫富乱心。

乾隆皇帝下江南时，曾在镇江金山寺问高僧法磬：长江之中大船来来往往，一天到底要过多少只船？

法磬回答：只有两条船，一条为名，一条为利。

人生在世，谁都免不了要和名利打交道，名利交织，构成了这世界的纷繁复杂。我们都知道名利终究是身外之物，但是却很少有人能够真正做到毫不在意。

沉浸在名利当中的人，会因为过于执着，一旦追求不到，就会失落愤懑，心理失衡，让自己变得越来越疲惫。其实很多人难以成功，并不是没有能力，而是出发点不对，太容易将重心放在名利上面，而

当你舍得放下时

不是事情本身。所以，导致不管做什么事情，都只盯着结果，抱着功成名就的预期，放不下自己的欲望。到后来，发现自己无法管控欲望，也无法处理好这些欲望所带来的问题的时候，事情可能会做不下去，变得很糟糕。

淡泊名利，才能宁静致远。一个人只有学会将名利放下，才能够真正正确面对生活中的物质需求。

道家学派代表人物庄子是楚国贵族，后因战乱迁至宋国。庄子和惠子是多年的好朋友。那一年，惠子在梁国做了宰相，庄子想去与他见面。有人对惠子进谗言："庄子这次来，是想取代您的相位啊！"

惠子信以为真，派人搜寻了三天三夜，想要阻止庄子的到来，可是庄子却突然来到惠子的官邸。惠子开门见山地询问庄子前来的目的。庄子看出了惠子的疑虑，于是给他讲了一个故事：

"南方有一只凤凰，从南海飞向北海，一路上非梧桐不栖，非竹子的果子不食，非甜美的泉水不饮。有一次，一只猫头鹰正在津津有味地吃着一只腐烂的老鼠，看到凤凰从头顶飞过，猫头鹰很紧张，急忙护住腐烂的鼠肉，愤怒地大喊：'你也想来吃鼠肉吗？'凤凰低头俯视猫头鹰，哈哈大笑，展翅高飞。老朋友，现在您也想用您的梁国宰相来吓我吗？"

听完庄子的这个故事，惠子顿时面红耳赤。在庄子看来，名利只是"腐烂的老鼠"。

第 6 章　充实的人生，正在放下浮躁

　　名利是一种社会存在，人们离不开它，但是，追逐名利要合理有度，很多事实表明，促使人们追求进取的是名利，阻碍人们进步的也是名利，甚至使人坠入万丈深渊的还是名利。所以，人生在世，千万不要把名利看得太重，也要谨防为之付出过大的代价。

　　太多的人，因为太过重视名利，反而为其所困，导致自己的生活其实并不舒心。因为不快乐反而认为是自己拥有的还不够多，如果继续通过扩大欲望，满足自己，就可以变得满足。可实际上，扩大欲望的结果就是让人更加焦虑和痛苦。

　　人应该把快乐建立在可持续的长久人生目标上，而不应该只是去看短暂的名利权情。一个真正聪明的人，眼光高远的人，一定会把个人幸福和实现人生价值作为长久的人生目标。如此，脚踏实地，从容淡定过好当下的每时每刻。

　　万事万物都遵循着一个能量守恒原理，有舍才有得，名利观越重，越不想放过任何一个机会。真正的成功不在外求，因上精进，果上随缘，这需要不断地抗拒外在的诱惑和干扰，比竭尽全力地去抓机会还要艰难。

　　北宋开国皇帝赵匡胤黄袍加身的故事尽人皆知，当年他还是后周世宗柴荣手下的一员大将，经常带着军队南征北战，勇猛杀敌。

　　有一次他带领部队与敌军作战，遭到围剿。因为敌军早就知道赵匡胤十分勇猛，于是十多个人围攻他一人。赵匡胤双拳难敌四手，在斩杀数名敌将后，战马中箭倒地，猝不及防的赵匡胤滚下马背。

当你舍得放下时

敌人迅速包围了赵匡胤，此时敌人在马上，他躺在地上，处境万分危急。

就在这千钧一发之时，忽然一名骑兵纵马跃入包围圈，快速跳下马背，将缰绳塞到赵匡胤手里，大声喊道："将军快上马！"

情急之下，不容赵匡胤推辞，他翻身上马回头望了那名骑兵一眼，看到他已经举起长矛冲上前去迎敌。由于周围都是敌人，赵匡胤也只能是举起战刀，继续杀敌。

经过生死厮杀，赵匡胤大获全胜，他没顾得休息，立即下令在全军寻找那名在危难之际救他一命的士兵，甚至还放出高额悬赏。然而一日一日过去，根本没有人前来领赏。

赵匡胤在死难的士兵尸体中一一辨认，没有发现救他的那名士兵，于是他坚信这个士兵没有战死沙场。

后来他当上皇帝，又将寻找这名士兵的事情提上了日程。他找来宫廷画师，让他根据自己的描述，一点一点地将那名士兵的画像描摹出来，然后让人将画像张贴在全国各地，并且写下当时的事件经过，以便寻找救命恩人。

赵匡胤期待的事情没有发生，始终无人揭榜，赵匡胤非常失望。没想到过了好几年后，突然侍卫报告，有人拿着当年的画像来了。赵匡胤大喜过望，命令把来人速速请来。

当赵匡胤见到拿着画像的人时，一眼就认出他确实是那个救过自己的士兵。

第6章 充实的人生，正在放下浮躁

这个人名叫邢悚，在当年那场战斗中受了重伤，离开军队，回到家乡务农为生。

邢悚对赵匡胤说："这次之所以带着画像来面见陛下，是有事相求。"赵匡胤立即应允："但说无妨，朕绝对给你办到。"

听到皇帝这么说，邢悚激动地说："小民家乡受灾严重，民不聊生，希望陛下能够施恩，救家乡人民于水火之中。"

原来，邢悚此来是为了家乡父老请愿，不是为自己谋利，赵匡胤听后动容不已，邢悚的品格令他十分钦佩。他当即命令大臣进行赈灾，当然也没有忘记邢悚的恩情，赏赐给他十万两黄金，并准备让他做官。

没想到邢悚却拒绝了，他说道："小民想将陛下赏赐的十万两黄金也作为赈灾的款项，发放给灾民。"

赵匡胤定定地望着邢悚，长叹一声说道："淡泊名利却又情系百姓，你真是君子楷模啊！"看到邢悚态度坚决地将十万两黄金发给百姓，赵匡胤亲自写下一封书信，告诉邢悚："任何时候拿着这封信，找到当地官府，都会获得帮助。"然而一直到死，邢悚也没有利用这封信来为自己和子孙谋求功名利禄。

只有放下名利，心性才不浮躁，才能更好地发挥自己的潜能。

以聪明才智著称于世的诸葛亮，曾经说过："非淡泊无以明志，非宁静无以致远。"

他认为不把眼前的名利看得轻淡就不会有明确的志向，不能平静地学习就不能实现远大的目标。

　　对于名利，看轻、看淡、放下，告诉自己，只要尽力就好，反而没有了压力，更能自由地呈现自我，甚至有可能超常发挥，效果反而超出预期。当名利来去再也不能惊扰内心的安宁时，你就站在了人生的最高处。

第 7 章

真正的放下，是内心的自由

当你舍得放下时

过去事已过去了，未来不必预思量

不念过往，不畏将来。

"过去事已过去了，未来不必预思量。只今只道只今句，梅子熟时栀子香。"这首来自石屋禅师的诗，被弘一法师选录进《晚晴集》。意思是说，过去的事已经过去，就让它随风而逝；未来的事也无须过早思量，将来会怎样谁也不知道。以平常心过好当下每一刻，简单、充实而自由，才是生命本来的样子。

1918年农历7月13，大势至菩萨圣诞日，弘一法师于虎跑定慧寺，正式出家。

消息传到他的家乡天津，天津卫的卖报童满大街跑，扯着嗓子喊："李家三公子，当和尚去啦！"

《大公报》上赫然报道：李叔同在杭州虎跑寺剃度，法名"弘一"。

第 7 章 真正的放下，是内心的自由

亲朋好友闻讯无不震惊。不少人匆忙赶至虎跑寺，想要劝说李叔同还俗。

然而，无论外界如何激烈，李叔同只是闭门修禅。

出家是他深思熟虑的决定，他早为出家做好了十足的准备。他辞去了学校的工作，与学生丰子恺、刘质平做了告别；将珍爱的收藏品赠给友人，将金石古玩封存于西泠印社；把钱财寄送回家，安排好了日本夫人。

从此以后，他不念过往，不惧将来，舍去"无用"的东西，身披海青，脚穿芒鞋，居住在简陋的僧舍。

人生中的许多烦恼，往往源于想得太多，以至于不断地患得患失。我们的内心如同一片湖水，如果波澜不惊，就会平静无波，但如果想得太多，就会让湖水变得暗流涌动。

晚清名臣曾国藩是一个卓越的人。他创立了湘军，多年征战沙场，最终平定了太平天国。但是万万没想到的是，他呕心沥血的付出换来的却是朝廷的猜忌。朝廷一纸诏书剥夺了他的军权，让他回乡守制。

曾国藩万分沮丧，回家以后他把自己关在屋子里，整日闷闷不乐。他怎么也想不通自己为什么会落得如此不堪的下场。他不甘心，不知道该如何面对未来。曾国藩的身体变得越来越虚弱，瘦骨嶙峋，终于一病不起，眼睛也几乎失明。家人四处寻访名医给他治病，他的病情却始终没有起色。

直到有一天，曾国藩遇到一位道士。这位道士是个隐世高人，点

当你舍得放下时

拨他说:"既往不恋,当下不杂,未来不迎。"这句话让曾国藩如梦初醒,病体渐愈。

一个人不快乐的原因,除了现实的生活压力,还有对过去的追悔和对未来的忧虑。回思自我,我们是不是也要把过往一直背负在身上,不肯放下,结果路越走越累,未来似乎也越来越渺茫?"过去事已过去了",七个简单的字,道出的是简单的道理,却是多少人都无法简单做到的事。不肯卸下往日的负担,看似是活得很认真,却是狭隘和偏执的表现。

人毕竟是人,总有七情六欲,只要不成为天天执着的习性,都是正常的。

有个93岁的老中医,精神矍铄,思维敏捷,记者问他有什么养生的诀窍,他回答说,人生如同大雁过河,大雁经过这条河的上空时,河水里面映着影子;等到大雁飞过去,河水里就什么都没有了。事来则心始见,事去则心遂空,不要钻牛角尖儿。

世上的事情,不过就分为已经发生的和尚未发生的两种。已经发生的事情,无法改变,也无须执着。尚未发生的事情又可以分成两种,一种是当下的行动能改变的,一种是无法改变的。不能改变的,更加无须执着。追悔过去,或焦灼于未来,都是在浪费当下的时间和精力。

相传一位智者外出,路遇一位陌生人,两人相谈甚欢,不觉天色已晚。智者跟那个人结伴投宿一间旅舍。睡到半夜,智者听到房间里有窸窸窣窣的声音,迷迷糊糊地问:"天亮了吗?"陌生人说:"还

第7章 真正的放下，是内心的自由

没有。"智者觉得很奇怪，认为这个人能在黑暗中行动自如，一定是个道行很高的人，就追问他："你到底是谁？"那人只好承认自己是一个小偷。

"哦，原来是个小偷。你之前偷过多少次了？"智者问他。

小偷回答说："太多次，已经记不清楚了。"

智者接着问："那么，每次偷东西后，你心里快乐吗？"

小偷如实回答："最初，刚得手的时候会觉得开心，可过几天后，就不快乐了。"

智者继续引导他说："你原来只是个小贼，为什么不大偷一次，终身享受呢？"

小偷非常感兴趣，问智者："你有经验吗？偷什么东西可以终身受用？"

智者突然在小偷的胸口一拍，说："这里有无尽的宝藏，你若懂得就会终身受用。"

小偷一惊，沮丧地说："可是前业已成，将来又怎么能成佛？"

智者呵斥说："你要将前业背到未来吗？"

"未来不必预思量"，也是不那么容易做到的事。我们常常担忧，未来会不会发生这样那样的糟糕情况……尽管人生充满了变化，但几乎每个人在思量未来时都恨不得万无一失，恨不得没有一点疏漏。只是当未来来临，才发现当时的忧思是多么无用，正所谓"杞人忧天"。

不要把过去压在背上，也不要让对未来的恐惧控制我们。对于过

149

当你舍得放下时

去发生的事情,没人能够改变。至于未来,还没有发生,我们对于它的一切不过是想象。珍惜当下,珍惜此刻,坦然过好眼前的每一分每一秒,用充盈而平静的生活组成我们的一生。

而只有现在,才是最真实的,也只有抓住此时此刻的生命,才算是把握住了自己最宝贵的财富。昨日种种,譬如昨日死。今日种种,譬如今日生。无须缅怀昨天,不必担忧明天,只须认真过好每一个今天。

第 7 章 真正的放下，是内心的自由

放下执念，浅笑安然

执于一念，将受困于一念，一念放下，万般自在。

常言道：人生无常，世事难料。不管我们愿意与否，变化总是伴随着人生。

弘一法师家世代经营盐业和银钱业，在当时的天津，是数一数二的"桐达李家"。可以说，他是含着金汤匙出生的。

弘一法师的母亲 19 岁时嫁到李家做妾，第二年生下了他，在家中排行老三，人称"三郎"。当他五岁的时候，他的父亲已经是一位 72 岁的老人，因病去世了，母亲成了年轻的寡妇。旧社会家庭妻妾等级分明，他和母亲相依为命。后来，弘一法师曾对他的学生丰子恺说："在偌大而复杂的家庭里，我的母亲很多，生母却很苦。"

小小年纪的他便历经母亲的苦，看到似乎不论钱财多少，都免不

当你舍得放下时

了在苦海沉沦。随着李叔同逐渐长大，李家因为经营不善，走到了破产的边缘。一直关爱照顾他的母亲，也在他 26 岁时撒手人寰，抽去了他最为依赖的心理寄托。

佛家说：有福之人，必有情劫之痛。

弘一法师出家之前，也曾遇到过爱而不得。他倾慕才貌双绝的名伶杨翠喜，当时作为李叔同的他，对戏曲颇为精通，两人由此相识，成为知音。后来杨翠喜成了别人的妾，而母亲也为他安排了一场门当户对的婚事。

"人生犹如西山日，富贵终如草上霜。"这是他当时对世事无常最为深切的感受。他领悟到，世人所执着的一切，最终都会在某一刻失去。既如此，又何必为了这些无常之事而寡欢，为了求而不得而痛苦。

后来，他终于抛却了世间一切纷扰，做到了真正彻底的放下。人的一生中，若不经历大悲大喜，如何看透世事无常？生命中那些痛苦的经历，说到底，都是在磨炼人的心志。当心变得足够强大时，哪怕世事有再多无常，你的内心也会安然无恙。

他在给妻子的信里写道："做这样的决定，非我薄情寡义。为了那更久远、更艰难的佛道历程，我必须放下一切。我放下了你，也放下了在世间累积的财富与名声，这些都是过眼云烟，不值得留恋的。"

弘一法师曾经写过一首脍炙人口的歌曲《送别》，唱尽了人世间的别离之殇，这首歌的背后，有一个令人唏嘘的故事。

第7章 真正的放下，是内心的自由

在一个大雪纷飞的夜晚，弘一法师在家时的金兰义友许幻园，站在弘一法师家门外，喊道："叔同兄，我家破产了，咱们后会有期吧。"

李叔同闻声开门，只看见好友渐行渐远的背影，他愣在原地，含泪送别，在雪中伫立良久，心中涌起莫名的伤感。

回到房间后，他让妻子弹琴伴奏，写下了著名的《送别》："长亭外，古道边，芳草碧连天。晚风拂柳笛声残，夕阳山外山。天之涯，地之角，知交半零落。一壶浊酒尽余欢，今宵别梦寒。长亭外，古道边，芳草碧连天。问君此去几时还，来时莫徘徊。"

人生可能就是一场又一场的告别，在这个过程中，我们不断清空自我，又不断地去包容、去理解许许多多不同的生命。

一个苦者对和尚说："我放不下一些事，放不下一些人。"

和尚说："没有什么东西是放不下的。"

他说："可我就偏偏放不下。"

和尚让他拿着一个茶杯，然后就往里面倒热水，一直倒到水溢出来。

苦者被烫到马上松开了手。

和尚说："这个世界上没有什么事是放不下的，痛了，你自然就会放下。"

弘一法师说："是身如掣电，类乾闼婆城，云何于他人。数生于喜怒？"乾闼婆城是幻象，非真实。世间万法无常，如执着有我有常就痛苦了。起心动念，顺自己意思，生欢喜心；不合自己意思，生嗔恚心。不知道一切事都是假的，一场梦而已。

当你舍得放下时

　　世间的烦恼都是由念而生，放下欲念是一种内心境界；若放不下，便饱受烦恼折磨，放得下内心才能坦然宁静。世事无常，不可左右，秉持一颗平常心即可。在无常之中，想想自己的初心，或许一切皆可释然。

　　明云禅师非常喜欢花草，尤其钟爱兰花。寺中前庭后院栽满了各种各样的兰花，这些兰花的品种来自各地，全是老禅师年复一年的采集所得。他一有闲暇，无论茶余饭后，还是讲经说法之余，都要去看一看心爱的兰花。弟子们都说，兰花就是明云禅师的命根子。

　　有一天，明云禅师要下山办事，临行前切切嘱托弟子照看他的兰花。弟子也尽心尽力，一盆一盆地认认真真地浇水。到了最后一盆是兰花中的珍品——君子兰。弟子知道这盆君子兰是师父的最爱，于是浇水的时候更加小心翼翼，唯恐有什么闪失。

　　没想到怕什么来什么，他越是小心，越是手抖，忽然间水壶滑落下来，砸在了花盆上，霎时连盆带花都掉在了地上，盆碎了，花也折了。徒弟吓得呆若木鸡，愣在那里不知所措，大脑一片空白。心想：师父回来看到这个情形，一定会大发雷霆，到那时可怎么办呢？他越想越怕，一上午都忧心忡忡。

　　傍晚，明云禅师回来了。出人意料的是，他知道了这事后不但没有发火，看到弟子如此惊惧，还和颜悦色地安慰弟子说："我栽种兰花，本来为的是修身养性和美化寺院环境，不是为了生气才种啊！世间之事一切都是无常的，过于执着于心爱的事物而难以割舍，那不是修禅

第7章 真正的放下，是内心的自由

者的秉性。"

弟子听了明云禅师的一番话，一颗心才安定下来。他对师父的修为敬佩不已，从此更加潜心修行禅定。

当我们站在生活的路口，常常会面对很多失去。有的东西我们执着不放，有的事情我们难以忘怀，然而，很多时候，真正的幸福，恰恰隐藏在那扇名为"放下"的大门之后。

只有放下心中的执念，才能让烦恼随风而散，活得舒爽。有时候，是我们自己给自己制造了一个沉重的负担，而只有放下这些负担，才能过上轻松的生活。

放下，不仅仅是一种选择，更是一种智慧，一种通往内心平静和幸福的路径。 我们之所以难以放下，往往是因为内心的恐惧和不甘。我们害怕失去，害怕面对未知，更害怕被他人嘲笑或误解。但真正的放下，并不意味着逃避或妥协，而是勇敢地面对现实，接受生活的不完美。当我们学会放下，我们会发现，那些曾经困扰我们的烦恼和痛苦，其实都是自己给自己套上的枷锁。而当我们勇敢地解开这些枷锁时，才能获得真正的自由。

放下，也是一种成长。每一次的放下，都意味着我们对自己的一次重新认识和接纳。我们学会了接受自己的不完美，学会了在失败中汲取经验，学会了在挫折中寻找机会。这样的成长，不仅让我们更加成熟，也让我们更加接近幸福。而最重要的是，放下能让我们拥有更多的选择。当我们紧紧抓住过去的回忆或某个不切实际的梦想时，我

当你舍得放下时

们往往会错过眼前的幸福。而当我们学会放下时，我们会发现，生活中其实有很多美好的事物等着我们去发现和珍惜。我们可以选择重新开始，选择去追求那些真正让我们感到快乐和满足的事情。

当然，放下并不是一件容易的事情。它需要勇气，需要决心，更需要时间。但只要我们愿意去尝试，去努力，去坚持，我们一定能够找到那扇通往幸福的大门。

第 7 章　真正的放下，是内心的自由

事忌全美，人忌全盛

花未全开月未圆，半山微醉尽余欢。何须多虑盈亏事，终归小满胜万全。

《菜根谭》里有言：世亦不尘，海亦不苦，彼自尘苦其心尔。

我们所处的世界，并非一片苦海。很多时候人们觉得生活苦不堪言，不过是因为经历太少，格局又太小，才会使自己的心堕入苦海。

只有在挫折中逐渐撑大自己的格局，才能脱离人间苦海，得大自在。

才华横溢的李叔同，在科举之路上却屡屡受挫，最后只得了个童生出身，连秀才都未中。他万般郁闷，又一头扎进了滚滚革命浪潮之中。奈何他振臂支持的维新变法，只维持了短短百天，便以失败告终。

他带着家人搬去了上海，凭着自己的才学，在上海文坛大放异彩。

也是在这段时间，他结识了与他志同道合的天涯五友。

早在李叔同抵达上海的前一年，后来的"天涯五友"之中的其余四人，即当时的宝山名士袁希濂、江阴书家张小楼、江湾儒医蔡小香、华亭诗人许幻园已建立了城南文社。

李叔同最初与许幻园等人相识，是因为征文。李叔同为文社几次投稿，都得到了文社内部人的一致好评，很快，他们便正式邀他入社了。几人经常一起切磋诗词歌赋。这个时期，成了他人生中难得的快乐时光。

然而在短短十多年间，五人都经历了各种人世的沧桑变迁，李叔同承受丧母之痛，只身前往日本留学；许幻园的生意也是波折不断，其间更是经历了几次生死抉择；袁希濂走上仕途，见识了官场的尔虞我诈；蔡小香身为医者，却病痛缠身。

弘一法师一生，历过情殇，历过悲苦，历过挫折，但他临终前回顾往事时，却只写下八个字：华枝春满，天心月圆。

李叔同当然知道这个世界上不存在所谓"完美"，生活中，我们常常渴望事事美好，希望所愿，事事圆满，但谁的人生不带缺口？你不应该要求事情发展成完美的样子，也不该要求自己变得完美。

莫言说过："世界上的事情，最忌讳的就是个十全十美。"

一位寺院住持为了选拔合适的传人，给两个弟子出了一道"考题"。住持对两个弟子说："你们出去给我拣一片你们自己认为最完美的树叶回来。"两个弟子得令而去。

第 7 章 真正的放下，是内心的自由

很快，胖弟子回来了，双手呈给师父一片并不漂亮的树叶，说："这片树叶虽然并不完美，但却是我看到的最好的树叶。"

瘦弟子很久以后才回来，却两手空空，他对师父说："我见到了很多很多片树叶，但怎么也挑不出一片最完美的，所以我对它们都不满意。"

最后胖弟子成了寺院的住持，因为他懂得世上没有完美之事的道理。

月圆尚有月缺时，缺憾是人生的常态。似乎没有人会喜欢"缺憾"，但实际上，它是人生中不可或缺的一部分，是生活中无法避免的必然。一个成熟的人，永远不会奢求完美。正如老话所说："盈而未满，万事求缺。"只有接纳生活中有适当的缺憾，勇敢地面对它，从中汲取经验和智慧，我们才能以平和的心态真正体验到人生韵味无穷，更加从容、自信地前行。

世界上许多遗憾之事，都是人们热衷于追求完美造成的。"寻找一片最完美的树叶"，愿望是美好的，但是如果无休无止地一味找下去，最终往往两手空空，直到有一天，才会明白为寻找完美的树叶让很多机会白白流失，得不偿失。

所以弘一法师说：**"物忌全胜，事忌全美，人忌全盛。"** 提醒人们不要追求事事都能完美无缺，而是要保持适度和平衡。

万物皆有裂痕，那是光照进来的地方。如果我们能够拥有更多的智慧和勇气，去面对和弥补人生的每一个缺憾，很多时候，在裂隙中，

当你舍得放下时

也能开出璀璨的花朵。

从前，有一位国王，拥有一颗世代相传的大钻石。这颗钻石非常美，国王把它放在博物馆里，向国民展览。一天，一个看管钻石的卫兵紧急报告国王说，钻石无缘无故地自己裂开了。国王跑去一看，果如士兵所言，钻石的中央出现了一道明显的裂痕。

国王立即召来很多手艺高超的珠宝商修复钻石，但珠宝商们一一检查完后，却告诉国王一个坏消息，说这颗钻石的裂痕无法修复，所以它现在已经像普通的石头一样，没有价值了。

国王听了非常难过，感觉心里空落落的，仿佛失去了一切。

后来，不知从何处来了一位无名老人，主动请缨，要求察看碎裂的钻石，并对国王说："请您不要伤心，我能修复它，而且还能使它变得比以前还好。"

国王半信半疑，但老人却非常自信，并且保证只需要一周的时间就能将钻石修复完好。

国王马上为老人安排了一个安静的房间，并提供一切他需要的工具。

国王充满期待地等了一周，房间的门终于开了，老人手捧钻石出来了。

令所有人都感到难以置信的是，老人竟巧夺天工地以弯曲的裂纹作为茎干，在钻石里雕刻了一朵盛开的玫瑰，精致璀璨，绚丽夺目，美不胜收。

第 7 章 真正的放下，是内心的自由

  国王大喜过望，要重赏老人，但老人却笑着拒绝了："尊敬的国王，我不能收下您如此丰厚的奖赏。因为我并没有做什么，只不过是把一件有裂痕的东西顺势改造成了艺术品。"

  生活中的不足，往往是进步的开始。正是这些不如意的事情，才能锻炼我们的意志，让我们不如意的人生有所收获。

当你舍得放下时

不忧不惧，时时自新

过而不能知，是不智也；知而不能改，是不勇也。

1933年新春伊始，弘一法师在厦门妙释寺作《改过实验谈》讲座，他说，"新"对普通人来说意味着世界的变化和一切的更新，重塑自我。

新的一年，万象更新，而对弘一法师而言，则是"改过自新"，他总结了十大改过迁善之法，这是在他五十年的人生中，修行总结出来的圣贤之道：

"今值旧历新年，请观厦门全市之中，新气象充满，门户贴新春联，人多着新衣，口言恭贺新禧、新年大吉等。我等素信佛法之人，当此万象更新时，亦应一新乃可。我等所谓新者何，亦如常人贴新春联、着新衣等以为新乎？曰：不然。我等所谓新者，乃是改过自新也。但'改过自新'四字范围太广，若欲演讲，不知从何说起。今且就余五十年

第7章 真正的放下，是内心的自由

来修省改过所实验者，略举数端为诸君言之。

"余于讲说之前，有须预陈者，即是以下所引诸书，虽多出于儒书，而实合于佛法。因谈玄说妙修证次第，自以佛书最为详尽。而我等初学之人，持躬敦品、处事接物等法，虽佛书中亦有说者，但儒书所说，尤为明白详尽适于初学。故今多引之，以为吾等学佛法者之一助焉。以下分为总论别示二门。

"总论者即是说明改过之次第：

"学须先多读佛书儒书，详知善恶之区别及改过迁善之法。倘因佛儒诸书浩如烟海，无力遍读，而亦难于了解者，可以先读《格言联璧》一部。余自儿时，即读此书。归信佛法以后，亦常常翻阅，甚觉其亲切而有味也。此书佛学书局有排印本甚精。

"省既已学矣，即须常常自己省察，所有一言一动，为善欤，为恶欤？若为恶者，即当痛改。除时时注意改过之外，又于每日临睡时，再将一日所行之事，详细思之。能每日写录日记，尤善。

"改省察以后，若知是过，即力改之。诸君应知改过之事，乃是十分光明磊落，足以表示伟大之人格。故子贡云：'君子之过也，如日月之食焉；过也人皆见之，更也人皆仰之。'又古人云：'过而能知，可以谓明。知而能改，可以即圣。'诸君可不勉乎！

"别示者，即是分别说明余五十年来改过迁善之事。但其事甚多，不可胜举。今且举十条为常人所不甚注意者，先与诸君言之。《华严经》中皆用十之数目，乃是用十以表示无尽之意。今余说改过之事，仅举十条，亦尔；正以示余之过失甚多，实无尽也。此次讲说时间甚短，每条之中仅略明大意，未能详言，若欲知者，且俟他日面谈耳。

"虚心。常人不解善恶，不畏因果，决不承认自己有过，更何论改？但古圣贤则不然。今举数例：孔子曰：'五十以学易，可以无大过矣。'又曰：'闻义不能徙，不善不能改，是吾忧也。'蘧伯玉为当时之贤人，彼使人于孔子。孔子与之坐而问焉，曰：'夫子何为？'对曰：'夫子欲寡其过而未能也。'圣贤尚如此虚心，我等可以贡高自满乎！

"慎独。吾等凡有所作所为，起念动心，佛菩萨乃至诸鬼神等，无不尽知尽见。若时时作如是想，自不敢胡作非为。曾子曰：'十目所视，十手所指，其严乎！'又引诗云：'战战兢兢，如临深渊，如履薄冰。'此数语为余所常常忆念不忘者也。

"宽厚造物所忌，曰刻曰巧。圣贤处事，惟宽惟厚。古训甚多，今不详录。

"吃亏。古人云：'我不识何等为君子，但看每事肯吃亏的便是。我不识何等为小人，但看每事好便宜的便是。'古时有贤人某临终，子孙请遗训，贤人曰：'无他言，尔等只要学吃亏。'

"寡言。此事最为紧要。孔子云：'驷不及舌，可畏哉！'"古训甚多，今不详录。

"不说人过。古人云：'时时检点自己且不暇，岂有工夫检点他人。'孔子亦云：'躬自厚而薄责于人。'以上数语，余常不敢忘。

"不文己过。子夏曰：'小人之过也必文。'我众须知文过乃是

第7章 真正的放下，是内心的自由

最可耻之事。

"不覆己过。我等倘有得罪他人之处，即须发大惭愧，生大恐惧。发露陈谢，忏悔前愆。万不可顾惜体面，隐忍不言，自诳自欺。

"闻谤不辩。古人云：'何以息谤？'曰：'无辩。'又云：'吃得小亏，则不至于吃大亏。'余三十年来屡次经验，深信此数语真实不虚。

"不嗔。嗔习最不易除。古贤云：'二十年治一怒字，尚未消磨得尽。'但我等亦不可不尽力对治也。《华严经》云：'一念嗔心，能开百万障门。'可不畏哉！

"因限于时间，以上所言者殊略，但亦可知改过之大意。最后，余尚有数言，愿为诸君陈者：改过之事，言之似易，行之甚难。故有屡改而屡犯，自己未能强作主宰者，实由无始宿业所致也。务请诸君更须常常持诵阿弥陀佛名号，观世音地藏诸大菩萨名号，至诚至敬，恳切忏悔无始宿业，冥冥中自有不可思议之感应。承佛菩萨慈力加被，业消智朗，则改过自新之事，庶几可以圆满成就，现生优入圣贤之域，命终往生极乐之邦，此可为诸君预贺者也。

"常人于新年时，彼此晤面，皆云恭喜，所以贺其将得名利。余此次于新年时，与诸君晤面，亦云恭喜，所以贺诸君将能真实改过不久将为贤为圣；不久决定往生极乐，速成佛道，分身十方，普能利益一切众生耳。"

弘一法师说自己五十年来改过迁善之事，多到不可胜举。

在中国近百年文化发展史中，弘一法师是学术界公认的通才和奇才——他是中国话剧的奠基人，组织了第一个话剧团体；是近现代音乐的启蒙者，第一个用五线谱作曲的人；是油画艺术的先行者，第一个用人体模特教学的老师；是律宗第十一代祖师。作为老师，他教学严谨，培养出一代高徒；作为艺术家，他研学精湛，为中国的戏剧、诗曲、美学都做出了巨大的贡献，以擅书法、工诗词、通丹青、达音律、精金石、善演艺而闻名于世；皈依佛门之后，他笃志苦行，深入研修，著书说法，成为世人景仰的一代佛教宗师。

弘一法师之所以能取得如此成就，纵观他的人生经历，与他敢于蜕变，勇于一次次刷新自己的人生态度不无关系。

李叔同大约六七岁时，他的哥哥李文熙亲自为他启蒙，每天把他关进书房两个小时让他读书，从《千字文》《朱子家训》到《四书》，背不下来不许出来。没想到李叔同全部倒背如流。于是，哥哥继续让他背秦文、汉文、唐宋八大家等，结果他也都背诵下来了。

18岁那年，李叔同结婚了，对这桩包办婚姻不是很满意的他，一头扎进了艺术的海洋，又恰逢国家时局动荡，年轻气盛的他支持"维新变法"，还一腔热血地刻下了"南海康君是吾师"的印章以表赤诚。维新变法失败后，李叔同奉母携眷定居上海。

他一身才情，凭借出众的文笔，在文坛获得盛名。无奈空有报国之心，却无用武之地。于是他寄情声色诗酒，整日流连于娱乐场所。

就在他陷入彷徨迷茫时，年仅46岁的母亲因病去世。母亲的离世对他的打击很大，经历了生离死别的李叔同开始反省自己，他决定，

第 7 章 真正的放下，是内心的自由

与前面 26 年的时光进行一场告别，他准备换一种生活方式。

他东渡日本留学，在日本刻苦用功考进了东京美术学校，学习美术、音乐，一学便是六年，其间还娶了一位日本妻子。

1911 年，李叔同带着日本妻子回国，变故接踵而至，李家因金融危机几近破产，已过而立之年的李叔同不得不面对养家糊口的压力。他到浙江省立第一师范学校担任音乐教师，将年轻时的习气洗刷殆尽，他不再是上海滩那个风流才子，而是诲人不倦的李先生。

李叔同深居简出，不追逐繁华，常独自伏案写字写诗。

对世事无常的勘破，让他渐生出世之心。

出家后的弘一法师，清癯朗逸，修习戒律森严的律宗。他抛去一切物欲，从此一身布衲一双芒鞋度生平。

63 岁时，他自知大限将至，从容写下遗嘱，安排身后事：叮嘱火化时穿上旧短裤即可；要在龛下放置四碗水，以免蚂蚁嗅到味道爬上来，火化时伤害其生命。而后写下绝笔：悲欣交集。

回溯弘一法师的一生，就是一个时时自新，重塑自我的过程。

我们形容人改天换地的变化，说他如凤凰涅槃。涅槃和修行都是佛教语，在日常生活中，置之死地是不多见的，大多是在琐碎而繁冗的小事中修行，但涅槃并非无意义的。所谓涅槃的现实意义在于，不忧不惧，不烦不躁，从容地完成一次次有益的辞故纳新，在不断前行的过程中，真正地更新迭代自己。

時理舊業
昏昳若蒙
少之所業
悅口厭心
及此追尋
了無可得

耀廷五哥大人心
弟文濤

第 8 章

人生大美：花满春枝，天心月圆

用心去种一棵树，才可望开花结果

投入地去爱一个人，投入地去做一件事，幸福就会降临。

弘一法师曾经撰文追忆自己的童年时光：

"我小时候，大约是六七岁的样子，就跟着我的哥哥文熙开始读书识字，并学习各种待人接物的礼仪，那时我哥哥已经20岁了。由于我们家是书香门第，又是当地数一数二的官商世家，所以一直就沿袭着严格的教育理念。因此，我哥哥对我方方面面的功课都督教得异常严格，稍有错误必加以严惩。我自小就在这样严厉的环境中长大，这使我从小就没有了小孩子应有的天真活泼，也疑我的天性也遭到了压抑而导致有些扭曲。但是有一点不得不承认，那就是这种严格施教，

第8章 人生大美：花满春枝，天心月圆

对于我后来所养成的严谨认真的学习习惯和生活作风是起了决定作用的，而我后来的一切成就几乎都是得益于此，也由此我真心地感激我的哥哥。"

做事投入，认真专注，是弘一法师从童年起就形成的特质。

弘一法师在日本留学时，与同学曾延年等组织成立"春柳社"。这是一个由留日中国学生组成的团体，也是中国第一个话剧团体。不久后，中国淮北发生了百年不遇的水灾。春柳社成员闻讯后，在东京组织了一场以赈灾募捐为目的的义演，选定的剧目是法国作家小仲马的《巴黎茶花女遗事》。当时春柳社成员很少，而且都是男性，没有女演员，由谁来饰演重要的主角玛格丽特呢？

李叔同突然灵机一动——京剧的花旦可以由男性来扮演，这个戏为何不尝试一下男性反串呢？于是，他自告奋勇扮演玛格丽特。他认真练习，天天对着镜子表演，还在西洋画中寻找灵感，揣摩剧中人物的姿态、动作和心理。为了更符合角色形象，他剃掉了小胡子，为了能把腰束得更细，他在演出的前一段时间就开始节食。还自己花钱购置了好几套女式礼服，以备不时之需。

一上台，装束时髦得体，体态优雅，动作轻盈，恰如人们心中的巴黎女子。演出非常成功。《东京日报》报道说："扮演的玛格丽特优美婉丽，使东京观众大为轰动。"春柳社的成立及成功的首演，是中国话剧的开端，由于李叔同的影响，一大批留日青年将话剧带回国内。

从此，中国戏剧引入了新的表现形式。看完李叔同的一生，我们或许羡慕他的才华，羡慕他的成就，但其实，我们最应该学习的，是他凡事认真的态度。

演出大获成功。日本戏剧界权威藤泽浅二郎和戏剧评论家松居松翁看了表演之后，当即到后台祝贺。后来松居松翁在杂志上发表了《对于中国剧的怀疑》，其中说道："中国的演员，使我佩服的便是李叔同君……李君的优美、婉丽，绝非本国的演员所能比拟。"他还称赞此举"在中国放了新剧的烽火"。

俗话说："世上无难事，只怕有心人。"所谓有心人，就是那些认真的人，这不是普通的认真，而是一种"用心"到极致的认真。在弘一法师身上，我们所看到的是一种超乎常人的专注。

用庄子的话来说，就是"凝神于心，用志不分"。心上没那么多分神的事儿，专注对待自己要做的事儿，做不好才怪！

在很多人的生活中，人们的注意力被无数的事情分散，别说一心一意地做事了，就连三心二意都做不到，压根儿就是十心九意的状态。缺乏必要的专注与深度思考，因为注意力被持续分散，瓜分成无数碎片，缺乏耐心与意志，结果造成我们工作效率低下，成果马虎粗糙，纰漏增多。

这不是哪一个人的问题，几乎已经成了一个时代的集体困扰。只有自己真正地对一件事情保有持久的兴趣，发自内心地愿意投入时间、精力和热情，才能达到100%心智的专注。梨园行有一句话叫"不疯魔，

第8章 人生大美：花满春枝，天心月圆

不成活"，说的就是这种因为投入而引发的专注。

著名的职业规划师古典说过："当你真正完全投入当下的事情中去时，不管这个事情多么简单卑微，你都能感受到无穷的乐趣。任何一个瑜伽教练都会告诉你，即使认真地投入你的呼吸——这个每天你做过无数次的事情——都能感受到无数的乐趣。"

又有人说，我全心投入地做每一件事，也能感受到其中的乐趣，为什么却一事无成？

因为能量被分散了，任何一种努力都收效甚微。我们将注意力分散在不同的事情上，那么分到每件事上的精力就会被分散和减弱，什么事也完成不好。专注地做每一件事没错，但你不可能做齐你想做的每一件事，如果能将其中的任何一件坚持下去，人生都可能因此变得不同。

想在一年中学会两门外语再修一门副业课程，想在年底把业绩做到全公司第一又想同时阅读完30本名著，如同熊瞎子掰苞米一样，累得半死最后两手空空、样样稀松。

如果能够删繁就简，摄心一处，在自己最热爱、认为最重要的事情上投放精力，反而能获得更多的收获。

当你能够认认真真做一件事情的时候，你就会发现那件事情的与众不同。

心理学家弗兰克说过一句话："投入地去爱一个人，投入地去做一件事，幸福就会降临。" 所以，想要与一个事物建立起深度关系的

当你舍得放下时

本质，必然是投入。

当你全身心地投入一件事，与一件事物建立起了越来越深刻的关系，恭喜你，这就意味着你触碰到了事物的本真，触碰到了生命的本质，会让你产生各种各样美好的感觉。

有句话说得好：**把每一件简单的事做好，就是不简单；把每一件平凡的事做好，就是不平凡。**

很多时候，我们会抱怨自己没有际遇，缺乏扶助，不够聪明，其实，即使真的什么都没有，我们依然可以选择认真做事，认真生活。

你要记得，越是认真，越是快乐。

第 8 章 人生大美：花满春枝，天心月圆

做一样像一样，活出极致之美

凡事做到极致，定有所得。

弘一法师圆寂之后，他的爱徒丰子恺写了一篇文章《怀李叔同先生》，饱含深情又生动细致地描摹了老师的生平：

"他出身于富裕之家，他的父亲是天津有名的银行家。他是第五位姨太太所生。他父亲生他时，年已68岁。五岁时就遭父丧，又逢家庭之变，青年时就陪着他的生母南迁上海。在上海南洋公学读书奉母时，他是一个翩翩公子。当时上海文坛有著名的沪学会，李先生应沪学会征文，名字屡列第一。从此他就为沪上名人所器重，而交游日广，终以才子驰名于当时的上海。所以后来他母亲死了，他赴日本留学的时候，

175

作一首《金缕曲》，词曰：

"'披发佯狂走。莽中原，暮鸦啼彻，几株衰柳。破碎河山谁收拾，零落西风依旧。便惹得离人消瘦。行矣临流重太息，说相思刻骨双红豆。愁黯黯，浓于酒。漾情不断淞波溜。恨年年，絮飘萍泊，遮难回首。二十文章惊海内，毕竟空谈何有！听匣底苍龙狂吼。长夜西风眠不得，度群生那惜心肝剖。是祖国，忍辜负？'

"读这首词，可想见他当时豪气满胸，爱国热情炽盛。他出家时把过去的照片统统送我，我曾在照片中看见过当时在上海的他：丝绒碗帽，正中缀一方白玉，曲襟背心，花缎袍子，后面挂着胖辫子，底下缎带扎脚管，双梁厚底鞋子，头抬得很高，英俊之气，流露于眉目间。真是当时上海一等的翩翩公子。这是最初表示他的特性：凡事认真。他立意要做翩翩公子，就彻底地做一个翩翩公子。

"后来他到日本，看见明治维新的文化，就渴慕西洋文明。他立刻放弃了翩翩公子的态度，改做一个留学生。他入东京美术学校，同时又入音乐学校。这些学校都是模仿西洋的，所教的都是西洋画和西洋音乐。

"李先生在南洋公学时英文学得很好，到了日本，就买了许多西洋文学书。他出家时曾送我一部残缺的原本《莎士比亚全集》，他对我说：这书我从前细读过，有许多笔记在上面，

第8章　人生大美：花满春枝，天心月圆

虽然不全，也是纪念物。由此可想见他在日本时，对于西洋艺术全面进攻，绘画、音乐、文学、戏剧都研究。后来他在日本创办春柳剧社，纠集留学同志，并演当时西洋著名的悲剧《茶花女》。他自己把腰束小，扮作茶花女，粉墨登场。这照片，他出家时也送给我，一向归我保藏，直到抗战时为兵火所毁。

"现在我还记得这照片：鬈发，白的上衣，白的长裙拖着地面，腰身小到一把，两手举起托着后头，头向右歪侧，眉峰紧蹙，眼波斜睇，正是茶花女自伤命薄的神情。另外还有许多演剧的照片，不可胜记。这春柳剧社后来迁回中国，李先生就脱身而出，由另一班人去办，便是中国最初的话剧社。由此可以想见，李先生在日本时，是彻头彻尾的一个留学生。我见过他当时的照片：高帽子、硬领、硬袖、燕尾服、史的克、尖头皮鞋，加之长身、高鼻，没有脚的眼镜夹在鼻梁上，竟活像一个西洋人。这是第二次表示他的特性：凡事认真。学一样，像一样。要做留学生，就彻底地做一个留学生。

"他回国后，在上海太平洋报社当编辑。不久，就被南京高等师范请去教图画、音乐。后来又应杭州师范之聘，同时兼任两个学校的课，每月中半个月住南京，半个月住杭州。两校都请助教，他不在时由助教代课。

"我就是杭州师范的学生。这时候，李先生已由留学生变为教师。这一变，变得真彻底：漂亮的洋装不穿了，却换

上灰色粗布袍子、黑布马褂、布底鞋子。金丝边眼镜也换成了黑的钢丝边眼镜。他是一个修养很深的美术家，所以对于仪表很讲究。虽然布衣，却很称身，常常整洁。他穿布衣，全无穷相，而另具一种朴素的美。你可想见，他是扮过茶花女的，身材生得非常窈窕。穿了布衣，仍是一个美男子。'淡妆浓抹总相宜'，这诗句原是描写西子的，但拿来形容我们的李先生的仪表，也很适用。

"今人侈谈生活艺术化，大都好奇立异，非艺术的。李先生的服装，才真可称为生活的艺术化。他一时代的服装，表出着一时代的思想与生活。各时代的思想与生活判然不同，各时代的服装也判然不同。布衣布鞋的李先生，与洋装时代的李先生、曲襟背心时代的李先生，判若三人。这是第三次表示他的特性：认真。

"我二年级时，图画归李先生教。他教我们木炭石膏模型写生。同学一向描惯临画，起初无从着手。四十余人中，竟没有一个人描得像样的。后来他范画给我们看。画毕把范画贴在黑板上。同学们大都看着黑板临摹。只有我和少数同学，依他的方法从石膏模型写生。我对于写生，从这时候开始发生兴味。我到此时，恍然大悟：那些粉本原是别人看了实物而写生出来的。我们也应该直接从实物写生入手，何必临摹他人，依样画葫芦呢？于是我的画进步起来。

第8章 人生大美：花满春枝，天心月圆

"此后李先生与我接近的机会更多。因为我常去请他教画，又教日本文，以后的李先生的生活，我所知道的较为详细。

"他本来常读性理的书，后来忽然信了道教，案头常常放着道藏。那时我还是一个毛头青年，谈不到宗教。李先生除绘事外，并不对我谈道。但我发现他的生活日渐收敛起来，仿佛一个人就要动身赴远方时的模样。他常把自己不用的东西送给我。

"有一天，他决定入大慈山去断食，我有课事，不能陪去，由校工闻玉陪去。数日之后，我去望他。见他躺在床上，面容消瘦，但精神很好，对我讲话，同平时差不多。他断食共十七日，由闻玉扶起来，摄一个影，影片上端由闻玉题字：李息翁先生断食后之像，侍子闻玉题。

"这照片后来制成明信片分送朋友。像的下面用铅字排印着：某年月日，入大慈山断食十七日，身心灵化，欢乐康强欣欣道人记。李先生这时候已由教师一变而为道人了。学道就断食十七日，也是他凡事认真的表示。

"但他学道的时候很短。断食以后，不久他就学佛。他自己对我说，他的学佛是受马一浮先生指示的。出家前数日，他同我到西湖玉泉去看一位程中和先生。这程先生原来是当军人的，现在退伍，住在玉泉，正想出家为僧。李先生同他谈得很久。此后不久，我陪大野隆德到玉泉去投宿，看见一

个和尚坐着,正是这位程先生。我想称他程先生,觉得不合。想称他法师,又不知道他的法名(后来知道是弘伞)。我回去对李先生讲了,李先生告诉我,他不久也要出家为僧,就做弘伞的师弟。我愕然不知所对。

"过了几天,他果然辞职,要去出家。出家的前晚,他叫我和同学叶天瑞、李增庸三人到他的房间里,把房间里所有的东西送给我们三人。第二天,我们三人送他到虎跑。我们回来分得了他的'遗产',再去望他时,他已光着头皮,穿着僧衣,俨然一位清癯的法师了。我从此改口,称他为法师。

"法师的僧腊二十四年。这二十四年中,我颠沛流离,他一贯到底,而且修行功夫愈进愈深。当初修净土宗,后来又修律宗。律宗是讲究戒律的,一举一动,都有规律,严肃认真至极。这是佛门中最难修的一宗。数百年来,传统断绝,直到弘一法师方才复兴,所以佛门中称他为重兴南山律宗第十一代祖师。

"他的生活非常认真。举一例说:有一次我寄一卷宣纸去,请弘一法师写佛号。宣纸多了些,他就来信问我,余多的宣纸如何处置?又有一次,我寄回件邮票去,多了几分。他把多的几分寄还我。以后我寄纸或邮票,就预先声明:余多的送与法师。有一次他到我家。我请他藤椅子里坐。他把藤椅子轻轻摇动,然后慢慢地坐下去。起先我不敢问。后来

第8章 人生大美：花满春枝，天心月圆

看他每次都如此，我就启问。法师回答我说：'这椅子里头，两根藤之间，也许有小虫伏着。突然坐下去，要把它们压死，所以先摇动一下，慢慢地坐下去，好让它们走避。'读者听到这话，也许要笑。但这正是做人极度认真的表示。

"如上所述，弘一法师由翩翩公子一变而为留学生，又变而为教师，三变而为道人，四变而为和尚。每做一种人，都做得十分像样。好比全能的优伶：起青衣像个青衣，起老生像个老生，起大面又像个大面……都是认真的缘故。

"弘一法师在福建泉州圆寂了。噩耗传到贵州遵义的时候，我正在束装，将迁居重庆。我发愿到重庆后替法师画像一百帧，分送各地信善，刻石供养。现在画像已经如愿了。我和李先生在世间的师徒尘缘已经结束，然而他的遗训——认真——永远铭刻在我心头。"

弘一法师的好友夏丏尊对他也有一个简明的评价，即"做一样，像一样"。行者常至，为者常成，总须用心用力去植一棵树，才可望开花结果。

弘一法师一生的最大特点是认真。他对于一件事，不做则已，要做就非做得彻底不可。

学者俞平伯也说："李先生的确做一样像一样：少年时做公子，像个翩翩公子；中年时做名士，像个风流名士；做话剧，像个演员；

181

当你舍得放下时

学油画,像个美术家;学钢琴,像个音乐家;办报刊,像个编者;当教员,像个老师;做和尚,像个高僧。"

弘一法师出家后的精神追求,竟也是如此简单平常的心愿:当和尚就要像个和尚的样子。

听起来简单纯朴,做起来其实很难。自自然然,专专心心地做自己,让弘一法师一生活出了别人的好几世。

第 8 章 人生大美：花满春枝，天心月圆

真实地活着，你才能轻松自在

明心见性，不矜不伐。

有一年，弘一法师路过上海，突然想要买一些活字印刷用的"活体字"模板，用以印刷佛经、传播佛法。回到寺庙后，他摆置这些发现了一个问题，这些字大小不一、行列不匀，印刷出来的佛经，肯定也是不规整的。

弘一法师便把这些无法使用的"活体字"全都束之高阁。然后想要自己亲手刻"活体字"去印刷佛经。

于是，弘一法师依照计划，每天刻数十个字。一个月后，弘一法师突然停止了这项工作，正巧好友夏丏尊在身边，就问他为什么停止了刻字，弘一法师将手中的刻刀放下，然后说道：

"刀部的字，多有杀伤意，不忍下笔。"

弘一法师的说法，让夏丏尊心灵震动，不由得说道："其慈悲恻隐，有如此者？"

当时在场没有外人，只有他们这两个多年的老友，不需要作秀表演。夏丏尊被弘一法师的真实和仁爱，深深地感动了。

佛学家赵朴初在怀念弘一法师时，曾写下两句诗：无尽奇珍供世眼，一轮明月耀天心。

在世人眼中，弘一法师就像那一轮明月，至简至洁，永恒不灭。

弘一法师遍尝了红尘俗世欲念之苦，转身又遁入空门，以简单之心看待纷繁世事。

这一生的经历，对他来说，是悲欣交集，终得圆满。

在凡俗世间跋涉的你我，不论经历了什么，只要懂得像弘一法师一般向心而行，便也能回归真实的自我，抵达生命的最高境界。

人要活得真实自在，先要看见自己，看清自己，明心见性。我们可以不完美，也可以不出众，但是一定要自重！尊重自己的生命，遵从自己的内心。

弘一法师曾经这样教导青年佛教徒：

"'尊'是尊重，'自尊'就是自己尊重自己。可是人都喜欢人家尊重我，而不知我自己尊重自己；不知道要想人家尊重自己，必须从自己尊重自己做起。怎样尊重自己呢？就是自己时时想着：我当做一个伟大的人，做一个了不起的人。

第8章 人生大美：花满春枝，天心月圆

"比如我们想做一位清净的高僧吧，就拿《高僧传》来读，看他们怎样行，我也怎样行，所谓'彼既丈夫我亦尔'。又比方我想将来做一位大菩萨，那么，就当依经中所载的菩萨行，随力行去。这就是自尊。

"但自尊与贡高不同。贡高是妄自尊大，目空一切的胡乱行为。自尊是自己增进自己的德业，其中并没有一丝一毫看不起人的意思。

"诸位万万不可以为自己是一个小孩子，是一个小和尚，一切不妨随便些；也不可说我是一个平常的出家人，哪里敢希望做高僧、做大菩萨？凡事全在自己做去，能有高尚的志向，没有做不到的。

"诸位如果作这样想：'我是不敢希望做高僧、做大菩萨的。'那做事就随随便便，甚至自暴自弃，走到堕落的路上去了，那不是很危险的吗？诸位应当知道：年纪虽然小，志气却不可不高啊！

"我还有一句话，要向大家说。我们现在依佛出家，所处的地位是非常尊贵的，就以剃发、披袈裟的形式而论，也是人天师表，国王和诸天人来礼拜，我们都可端坐而受。你们知道这道理吗？自今以后，就当尊重自己，万万不可随便了。"

有这样一个故事：

寺庙里新来了一个小和尚，他主动去见方丈，诚恳地说："我新

来乍到，先干些什么呢？请方丈指教吩咐。"

方丈微笑着对小和尚说："你先认识和熟悉一下寺里的众僧吧。"

第二天，小和尚又来见方丈，说："寺里的众僧我都认识了，今天该干点什么呢？"

方丈还是微笑着说："肯定还有遗漏，接着去了解认识吧。"

这次过了三天，小和尚才来见方丈，胸有成竹地说："寺里的所有僧人我都认识了。"

方丈微微一笑说："还有一人，你没认识，但是这个人对你尤其重要。"

小和尚百思不解，走出方丈的禅房，一间屋一间屋地寻找，一个人一个人地问。

不知道找了多少天，依然满心迷惑的小和尚，忧心忡忡地在寺庙里转悠，忽然在井口看到井水映着自己的身影，他豁然开朗，急忙跑去见方丈……

人们总是喜欢去关注别人，却容易忽略自己，忘了花点儿时间去看见、了解、尊重自己，于是便有了诸多烦恼。

人生第一要事：认识自己，看清自己，才能懂得人生的意义。活着，只要能对自己有清醒正确的认识，就能活得真实、活得坦然、活得快乐。

很多人活得够努力、够辛苦、够忙碌，甚至很成功，但就是不快乐、不幸福，因为他们看不清自己，不知道自己真正需要的是什么。

这一生，我们只有三步要走：定义自己，塑造自己，成为自己。请现在开始欣赏独一无二的自己，幸福就会来敲门。

第8章 人生大美：花满春枝，天心月圆

看淡了，就简单了；放下了，就轻松了

一念清净，烈焰成池。

弘一法师圆寂后，丰子恺常常怀念恩师，还通过对弘一法师的回忆与思考，总结出人生的真谛——"人生三层楼"：

"人的生活，可以分作三层：一是物质生活，二是精神生活，三是灵魂生活。物质生活就是衣食。精神生活就是学术文艺。灵魂生活就是宗教。'人生'就是这样的一个三层楼。懒得（或无力）走楼梯的，就住在第一层，即把物质生活弄得很好，锦衣玉食，尊荣富贵，慈父孝子，这样就满足了。这也是一种人生观。抱这样的人生观的人，在世间占大多数。其次，高兴（或有力）走楼梯的，就爬上二层楼去玩玩，或者久居在里头。这就是专心学术文艺的人。他们把全力贡献于学问的研究，把全心寄托于文艺的创作和欣赏。这样的人，在世界也很多，

即所谓的'知识分子''学者''艺术家'。还有一种人，'人生欲'很强，脚力很大，对二层楼还不满足，就再走楼梯，爬上三层楼去。这就是宗教徒了。他们做人很认真，满足了'物质欲'还不够，满足了'精神欲'还不够，必须探求人生的究竟……世界就不过这三种人。"

所以，丰子恺认为："弘一法师的'人生欲'非常之强！他做人，一定要做得彻底。他早年对母尽孝，对妻尽爱，安住在第一层楼中；中年专心研究艺术，发挥多方面的天才，便是迁居在二层楼了；强大的'人生欲'使他不能满足于二层楼，于是爬上三层楼去，做和尚，修净土，研戒律，这是当然的事，毫不足怪……"

禅宗思想里，有一个很高深的"三山理论"，描述了人们对事物认知的三个层次。

它将人生分为了三重境界：看山是山，看山不是山，看山还是山。

第一重境界的人，心思单纯，眼睛看见什么便是什么；

第二重境界的人，历经世事，觉得生活复杂，看什么都如雾里看花；

而第三重境界的人，千帆过尽后，把一切看得简单而自然。

弘一法师，便是抵达第三重境界的人。

他前半生历尽繁华，却甘愿踏上佛门之路，清苦自持，始终如一。

所以世人形容他是"半世繁华半世僧"。从简单到复杂，是他前半生的阅历；从复杂到简单，是他后半生的修行。

他用一生开示世人：**人生最好的状态，是在复杂的世界里，做一个简单的人。**

第8章 人生大美：花满春枝，天心月圆

简单的事，想深了，就复杂了，想多了，就烦琐了；复杂的事，看淡了，就简单了，放下了，就轻松了。

春秋时鲁国有个木匠名叫梓庆，他奉命为鲁侯制作悬挂钟鼓的木柱，那木柱雕刻得细致入微，见过的人都感叹精妙无比，鬼斧神工。

后来，鲁侯召见梓庆，询问如此高明手艺的奥秘。

梓庆回答说："我在准备做工之前，会先进行斋戒，以此来静养心思。斋戒到第三天，我忘记了'庆赏爵禄'；斋戒到第五天，我忘记了'非誉巧拙'；斋戒到第七天，已达到忘我之境。心思十分简单，什么都不想，斋戒之后，我才开始进山寻找合适的木材，找到后再顺手加工，就做成了现在的样子。"

心中无尘，心自安，事自成。简单一些，烦恼自然会少一些。清空心里的阴霾，心净才能心静，心静才能舒心。

当一个人不需要从外界获得满足，内心十分丰盈时，就不害怕失去什么东西和人，也不再执着于得到任何，而是珍惜眼前的一切，简单而快乐地活着。

当然，简单不是"凑合"，不是"简陋"，做一个简单的人，不是不思进取，而是在这个复杂的社会中，保持一颗平淡自然的心。而是不受繁杂琐事的影响，将生活过得简单而又不乏味。是经过思维升级之后，找到真正适合自己的生活方式，过上目标明确、内心自由的生活。

何不趁早放下
夢塵勞勤修戒定
智慧

澄潭院守月音書

弘一法师语录

《送别》

长亭外，古道边，芳草碧连天。
晚风拂柳笛声残，夕阳山外山。
天之涯，地之角，知交半零落。
一壶浊酒尽余欢，今宵别梦寒。
长亭外，古道边，芳草碧连天。
问君此去几时来，来时莫徘徊。
天之涯，地之角，知交半零落。
人生难得是欢聚，惟有别离多。

一念执着，万事皆苦，一念放下，万般自在。一念起，天涯咫尺，一念灭，咫尺天涯。而当你决定放弃，看似放弃的是外部的人或事，其实真正放下的是执念，是自己。放过他人，是给自己机会；放弃过往，是给自己未来。

世上最好的放生，就是放过自己。不要和往事过不去，因为它已经无法改变；不要和现实过不去，因为唯有接受现实，才能改变它。放不下执念的人，即使走遍万水千山，仍是自身的囚徒。

不让他人烦恼，是慈悲；不让自己烦恼，是智慧。有智慧的人，不需为难自己，更无需为难他人。正如天空云淡风轻，而千万只鸟儿已经飞过。

无人无我观自在，非空非色见如来。

自家有好处，要掩藏几分，这是涵育以养深。别人不好处，要掩藏几分，这是浑厚以养大。

以虚养心，以德养身，以仁养天下万物，以道养天下万世。

不为外物所动之谓静，不为外物所实之谓虚。

宜静默，宜从容，宜谨严，宜俭约。

敬守此心，则心定。敛抑其气，则气平。

谦退是保身第一法，安详是处世第一法，涵容是待人第一法，恬淡是养心第一法。

自处超然，处人蔼然。无事澄然，有事斩然。得意淡然，失意泰然。

气忌盛，心忌满，才忌露。

以和气迎人，则乖沴灭。以正气接物，则妖氛消。以浩气临事，则疑畏释。以静气养身，则梦寐恬。

逆境顺境看襟度，临喜临怒看涵养。

富贵，怨之府也；才能，身之灾也；声名，谤之媒也；欢乐，悲之渐也。

只是常有惧心，退一步做，见益而思损，持满而思溢，则免于祸。

人生最不幸处，是偶一失言，而祸不及；偶一失谋，而事幸成；偶一恣行，而获小利。

学一分退让，讨一分便宜。增一分享用，减一分福泽。

　　总有一天，千帆过尽，你终于可以以局外人的视角来看待过往，之后微笑着与它挥手作别。

　　人生不过大梦一场，一切都不可能带走，重要的是梦得是否酣畅淋漓。努力过，尽心过，珍惜过，就不负韶华，不负此生。这世间没有什么能真正伤害你，伤害你的，只是你对它们的看法。

凡事发生必有利于我，任何事到最后都是好事。如果现在还不是，那就是还没有到最后。雨过必会天晴，万事终将如意。

盖世功劳，当不得一个"矜"字。弥天罪恶，当不得一个"悔"字。

大着肚皮容物，立定脚跟做人。

事当快意处须转，言到快意时须住。尽前行者地步窄，向后看者眼界宽。

花繁柳密处拨得开，方见手段。风狂雨骤时立得定，才是脚跟。

人当变故之来，只宜静守，不宜躁动。即使万无解救，而志正守确，虽事不可为，而心终可白。否则必致身败，而名亦不保，非所以处变之道。

人生最苦的事情莫过于看破红尘，放不下。

行己恭，责躬厚，接众和，立心正，进道勇。择友以求益，改过以全身。

度量如海涵春育，持身如玉洁冰清，襟抱如光风霁月，气概如乔岳泰山。

心不妄念，身不妄动，口不妄言，君子所以存诚。内不欺己，外不欺人，上不欺天，君子所以慎独。

心志要苦，意趣要乐，气度要宏，言动要谨。

心术以光明笃实为第一，容貌以正大老成为第一，言语以简重真切为第一。

书有未曾经我读，事无不可对人言。

心思要缜密，不可琐屑。操守要严明，不可激烈。

以情恕人，以理律己。

以"淡"字交友，以"聋"字止谤，以"刻"字责己，以"弱"字御侮。

事事难上难，举足常虞失坠。件件想一想，浑身都是过差。

事不可做尽，言不可道尽。

经历过后，你会懂得，人算不如天算，命里有时终须有，命里无时莫强求。相遇是缘分也是债务，别离是痛苦也是解脱。一切都是缘分。缘起，我在人群中看见你；缘灭，我看见你在人群中。

精细者，无苛察之心。光明者，无浅露之病。

处难处之事愈宜宽，处难处之人愈宜厚，处至急之事愈宜缓。

必有容，德乃大。必有忍，事乃济。

强不知以为知，此乃大愚。本无事而生事，是谓薄福。

遇事只一味镇定从容，虽纷若乱丝，终当就绪。待人无半毫矫伪欺诈，纵狡如山鬼，亦自献诚。

公生明者，不蔽于私也。诚生明者，不杂以伪也。从容生明者，不淆于惑也。

忍与让，足以消无穷之灾悔。古人有言："终身让路，不失尺寸。"

以仁义存心，以忍让接物。

任难任之事，要有力而无气。处难处之人，要有知而无言。

宽厚者，毋使人有所恃。精明者，不使人无所容。

处事须留余地，责善切戒尽言。

论人之非，当原其心，不可徒泥其迹。取人之善，当据其迹，不必深究其心。

人褊急，我受之以宽宏。人险仄，我待之以坦荡。持身不可太皎洁，一切污辱垢秽要茹纳得。

处世不可太分明，一切贤愚好丑要包容得。

精明须藏在浑厚里作用。古人得祸，精明人十居其九，未有浑厚而得祸者。

德盛者，其心和平，见人皆可取，故口中所许可者多。德薄者，其心刻傲，见人皆可憎，故目中所鄙弃者众。

盛喜中勿许人物，盛怒中勿答人书。喜时之言多失信，怒时之言多失体。

临事须替别人想，论人先将自己想。欲论人者先自论，欲知人者先自知。

今人见人敬慢，辄生喜愠心，皆外重者也。此迷不破，胸中冰炭一生。

小人乐闻君子之过，君子耻闻小人之恶。此存心厚薄之分，故人品因之而别。

毋以小嫌疏至戚，毋以新怨忘旧恩。

知足常足，终身不辱。知止常止，终身不耻。

明镜止水以澄心，泰山乔岳以立身，青天白日以应事，霁月光风以待人。

《梦》

哀游子茕茕其无依兮,在天之涯。
惟长夜漫漫而独寐兮,时恍惚以魂驰。
梦偃卧摇篮以啼笑兮,似婴儿时。
母食我甘酪与粉饵兮,父衣我以彩衣。
月落乌啼,梦影依稀,往事知不知?
汩半生哀乐之长逝兮,感亲之恩其永垂。
哀游子怆怆而自怜兮,吊形影悲。
惟长夜漫漫而独寐兮,时恍惚以魂驰。
梦挥泪出门辞父母兮,叹生别离。
父语我眠食宜珍重兮,母语我以早归。
月落乌啼,梦影依稀,往事知不知?
汩半生哀乐之长逝兮,感亲之恩其永垂。

你想控制的,其实全都控制了你;你想占有的,其实全都占有了你。拥有得越多,你越容易失去自己。相反,当你什么都不想要的时候,整个世界都是你的。为什么要害怕失去呢?会失去的,原本就不是你的。又何必害怕伤害呢?能伤害你的,只有你自己。浮世三千,看淡俱为乐土;烦恼八万,释然便见菩提。

《隋堤柳》

甚西风吹醒隋堤衰柳，江山非旧，只风景依稀凄凉时候。

零星旧梦半枕浮，说阅尽兴亡遮难回首。

昔日珠帘锦幕，有淡烟一抹，纤月盈钩，剩水残山故国秋。

知否知否，眼底离离麦秀。

说甚无情，情丝踠到心头。

杜鹃啼血哭神州，海棠有泪伤秋瘦。

深愁浅愁，难消受，谁家庭院笙歌又。

如果你觉得生活很累，压力很大，请记住这段话：

世界上没有比死亡更大的事，也没有真的迈不过去的坎，只有放不下这些事的你。曾经令你九死不悔的执着，让你辗转反侧的坚持，在久远以后，终究会化为淡淡的幻影。你也终将懂得，放下才能得到，放下才能长久，放下才能幸福。

昨日种种，譬如昨日死；今日种种，譬如今日生。

过去的事，就都已经过去，不必再带到今天来；今后的事，自今天诞生。我们也该如此，从头来过。